京《きょう》のかざぐるま

吉橋《よしはし》 通夫《みちお》 作《さく》

なかはま さおり 絵《え》

もくじ

筆《ふで》

とびだしてきたものの、どこへ行《い》くあてもなかった。

夕《ゆう》ぐれの河原町通《かわらまちどお》りをとぼとぼ歩《ある》きながら、にぎりしめた指《ゆび》をひらくと、ふたつにへしおられた筆《ふで》が手《て》の上《うえ》でころがった。

冬吉《ふゆきち》が、はじめてつくった筆《ふで》だ。

毛《け》もみから仕上《しあ》げまで、親方《おやかた》の手《て》をかりずに自分《じぶん》だけでやりぬいた。毎日《まいにち》いいつけられた用《よう》事《じ》をすませてから、うすぐらいあかりのそばで指《ゆび》をうごかしつづけた。

ほぼひと月《つき》かかってできあがったとき、一人前《いちにんまえ》の筆師《ふでし》になったように思《おも》えて心《こころ》がはずんだ。まだお店《みせ》に出《だ》せるほどのものではなかったが、はじめてにしては毛先《けさき》がそろい穂首《ほくび》もしまっている。ほめてもらえそうな気《き》がして親方《おやかた》に見《み》せた。

ところが親方《おやかた》は、指《ゆび》で穂先《ほさき》をさわってみるなり、

「三年《さんねん》もわしのそばにおって、いったい何《なに》をみてたんじゃ」

と、目《め》の前《まえ》でぴしっとおってしまった。

冬吉《ふゆきち》は、おられた筆《ふで》をにぎって、ものも言《い》わずにとびだしてきた。筆《ふで》とともに、自分自身《じぶんじしん》までふたつにへしおられたような気《き》がした。

足《あし》は、いつのまにか丸太町《まるたまち》のほうへむいていた。

いそぎ足《あし》にとおりすぎていく人《ひと》びととすれちがいながら、うつむいて歩《ある》く。ぞうりをつっかけたしもやけの足《あし》に、おち葉《ば》や砂《すな》がふきつける。

公家《くげ》のおやしきにぶつかり左《ひだり》へまがったところで、おもわず立《た》ちどまった。

——こっちは突抜町《つきぬけちょう》へ行《い》く道《みち》や……。

突抜町《つきぬけちょう》には自分《じぶん》の家《いえ》がある。といっても、あかんぼうのときすてられていたのを、ひろって育《そだ》ててくれた家《いえ》だ。九《ここの》つのときに、追《お》い出《だ》されるように今《いま》の親方《おやかた》のところへでしいりさせられた家《いえ》だ。それから一度《いちど》ももどっていない。

そんな家《いえ》に、なぜ足《あし》がむくのか分《わ》からない。

あの両親《りょうしん》に実《じつ》の子《こ》がうまれてからは、いいことなんかひとつもなかった。何《なに》から何《なに》までその子《こ》が先《さき》で、冬吉《ふゆきち》はあとまわし。かわいそうやから、おまえにもめぐんでやる——という顔《かお》で、もったいなさそうにくれたまんじゅうを、ひとり背中《せなか》をむけて食《た》べた。じゃまものあつかいされながらも、そこしかいるところがない自分《じぶん》がつらかった。

——おらなんか、生《う》まれへんかったらよかったんや。育《そだ》ててくれへんかったらよかったんや。

なんどそう思《おも》ったことか。

だが、そんな家《いえ》でも、まちがいなく冬吉《ふゆきち》が大《おお》きくなった場所《ばしょ》だ。そこには、おなじ町内《ちょうない》の源《げん》太《た》や新助《しんすけ》たちと、くらくなるまで遊《あそ》んだ路地《ろじ》がある。三年間《さんねんかん》かよった寺子屋《てらこや》もある。足《あし》がまた動《うご》きはじめた。

この京都《きょうと》で自分《じぶん》にゆかりのある場所《ばしょ》は、そこしかない。

――三年《さんねん》ぶりや……。

行《い》ってみようと、はっきり心《こころ》をきめたわけではないのに、足《あし》がひとりでに動《うご》いていく。

ひろい烏丸通《からすまどお》りからせまい上長者町通《かみちょうじゃまちどお》りに入《はい》り、みおぼえのある絵草紙屋《えぞうしや》や呉服所《ごふくじょ》の前《まえ》をとおりすぎたが、ふしぎに知《し》った顔《かお》に出《で》あわない。

つぎの角《かど》をまがれば、もう突抜町《つきぬけちょう》だ。五《ご》けんめに冬吉《ふゆきち》の育《そだ》った家《いえ》がある。だが、どこかおかしい。みょうに、しんとしている。

すこしいそぎ足《あし》で角《かど》をまがった冬吉《ふゆきち》は、「あっ」と声《こえ》をあげて立《た》ちすくんだ。

家《いえ》がない。

冬吉《ふゆきち》の家《いえ》も新助《しんすけ》の家《いえ》も寺子屋《てらこや》も……。

通《とお》りの両《りょう》がわに建《た》っていたものすべてがきえて、あき地《ち》が、がらんと広《ひろ》がっている。こわされた家《いえ》の柱《はしら》や古《ふる》い材木《ざいもく》があちこちにつまれ、なわがはりめぐらされている。

近《ちか》づくと、立《た》てふだに、

御用地

〇〇鳥取藩御用地《とっとりはんごようち》

と書《か》いてあった。上《うえ》の二文字《ふたもじ》は読《よ》めなかった。

このごろ京都《きょうと》では、しきりに各藩《かくはん》のやしきが建《た》てられている。薩摩藩《さつまはん》などは、相国寺《しょうこくじ》さんの近《ちか》くに、三《みっ》つめの京《きょう》やしきをつくった。町《まち》でさむらいのすがたを見《み》かけることが多《おお》く、何《なに》やらぶっそうな世《よ》の中《なか》になってきた。

こまるのは、住《す》みなれた家《いえ》をおい出《だ》される人《ひと》たちだ。ある日《ひ》とつぜん、なわがはりめぐらされ、

〇〇藩御用地《はんごようち》

という立《た》てふだがたつ。そのたびに、道《みち》がふさがって通《とお》りぬけられなくなったり、ひとつの町《まち》がそっくりなくなったりする。

人《ひと》びとは、わずかのお金《かね》とひきかえに、今《いま》まできずいてきたくらしを、うしなうのだ。

冬吉《ふゆきち》のふるさとも、きえてしまった。

――みんな、どこへ行《い》ってしもうたんやろ。

あの両親《りょうしん》は、ひとことも知《し》らせてくれなかった。もう冬吉《ふゆきち》のことなど、わすれてしまったのだろうか。それとも、石《いし》ころみたいに捨《す》ててしまったつもりなのだろうか。

はりわたされたなわをまたいで家《いえ》のあったところに立《た》ってみた。入《い》り口《ぐち》から奥《おく》のながしにつづく土間《どま》は、そのまま黒《くろ》い土《つち》を光《ひか》らせている。ひらたい置《お》き石《いし》は、ぞうりをぬいだところだ。ごはんをたべた板《いた》の間《ま》のあとには、くずされた土《つち》かべがつんである。

せまい。

建《た》っていた家《いえ》がなくなり、こうしてあき地《ち》になってしまうと、むねがいたくなるほどせまい。五《ご》、六歩《ろっぽ》あるくだけでとなりの家《いえ》にぶつかってしまう。ほんとうにこんなところで、毎日《まいにち》、くらし、どなられ、うらみ、ないていたのだろうか。みんなうそのように思《おも》えてくる。

自分《じぶん》の家《いえ》だけではない。顔《かお》にすみをつけあっては、おこられていた寺子屋《てらこや》の教場《きょうじょう》も、びっくりするほどせまい。

冬吉《ふゆきち》は寺子屋《てらこや》がすきだった。行《い》かないと近所《きんじょ》へのていさいがわるいということで通《かよ》わされたが、お師匠《ししょう》さんがやさしかった。家《いえ》でじゃま者《もの》にされていたのを知《し》っていたのか、めしなどをたべさせてくれた。

「冬吉《ふゆきち》、これからの世《よ》の中《なか》は刀《かたな》よりも学問《がくもん》じゃ」とか、「小《ちい》さなことでくよくよするな。生《い》きているうちには、いろんなことがあるものじゃ。それをこやしにして大《おお》きゅうなれ」と、よく言《い》われたものだ。

それに、おりんちゃんがいた。

冬吉《ふゆきち》よりひとつ年上《としうえ》のしっかり者《もの》で、おとうさんのお師匠《ししょう》さんとともに手習《てなら》いを教《おし》えていた。手習《てなら》いがすむと、いっしょに路地《ろじ》で遊《あそ》んだ。ころころとよく笑《わら》うおりんちゃんがいるだけで楽《たの》しかった。

「はないちもんめ」をしたとき、ぽっちゃりした手《て》をいつまでもにぎっていて、新助《しんすけ》にひやかされた。

そのおりんちゃんも、もうここにはいない。何《なに》もかも、冬吉《ふゆきち》の手《て》の中《なか》からきえていく。

ふと冬吉《ふゆきち》の目《め》が、教場《きょうじょう》あとのはしっこにすいよせられた。一本《いっぽん》の筆《ふで》がおちている。

そばへ行《い》って拾《ひろ》いあげると、まだ使《つか》えそうだ。

――だれがすてたんやろ。かわいそうに……。

ほこりをはらってみると、かなりいいものだ。鹿毛《しかげ》のややかたい穂首《ほくび》が竹《たけ》の軸《じく》にしっかりとはめこまれ、ふじづるでまいてある。わりと使《つか》いこまれているが、手入《てい》れがゆきとどいている。

ためしに、へしおられた自分《じぶん》の筆《ふで》を出《だ》してくらべてみると、穂首《ほくび》のふくらみ方《かた》がちがっていた。ひろったほうは小先《こさき》から左右《さゆう》にすっと自然《しぜん》にふくらんでいるのに、冬吉《ふゆきち》のは、少《すこ》しへこんでからふくらんでいる。曲線《きょくせん》のきびしさがまるでちがう。

冬吉《ふゆきち》は頭《あたま》をたれた。くやしいが、ひろった筆《ふで》のほうがはるかにいい。

――これは、きっと長《なが》いあいだ修業《しゅぎょう》した筆師《ふでし》がつくったもんや。おらは初《はじ》めてつくったんやし、かなうわけないいわ。

と、自分《じぶん》で自分《じぶん》をなぐさめてみたが、くやしさは消《き》えない。その筆《ふで》にくらべたら、冬吉《ふゆきち》のは本当《ほんとう》の「筆《ふで》」とはいえない。

――おらにも、いつかこんな筆《ふで》がつくれる日《ひ》がくるんやろか……。

今《いま》の冬吉《ふゆきち》には、その道《みち》すじさえ見《み》えない。だが、このまま終《お》わるのは、いやだ。負《ま》け犬《いぬ》には、なりたくない。

「あの……、冬《ふゆ》ちゃんとちがう？」

いきなりよばれてふりむくと、むすめさんが立《た》っていた。夕《ゆう》ぐれのうすあかりの中《なか》に、ぽっかりさいた花《はな》のように――。

「まあ、やっぱり冬《ふゆ》ちゃんや」

声《こえ》をはずませて近《ちか》づいてくる。あわてて冬吉《ふゆきち》は筆《ふで》をふところへおしこみ、相手《あいて》を見《み》つめた。

「おりんちゃん！」

まるかった顔《かお》がややほそくなり、体《からだ》つきもぐんと大《おお》きくなったが、シャキシャキした歩《ある》き方《かた》は、むかしのままだ。

なわをまたいで、すぐそばまで来《き》た。

「冬《ふゆ》ちゃん、大《おお》きゅうならはったね。もう、うちより背《せ》が高《たか》いんとちがう」

くらべるように背《せ》のびして、にこっと笑《わら》った。やっぱり右《みぎ》のほおに小《ちい》さなえくぼができる。

「おつかいのもどりに、なんとのう寄《よ》ってみとうなって来《き》てみたら、だれぞいはるし、どこかで見《み》たお人《ひと》やなあ……て思《おも》うたら、冬《ふゆ》ちゃんやない。フッフッフ、来《き》てみてよかった」

あいかわらずよくしゃべる。耳《みみ》の中《なか》をころがる声《こえ》のひびきがなつかしい。こんなとき、なんて言《い》ったらいいのか分《わ》からないまま、冬吉《ふゆきち》は口《くち》をひらいた。

「みんな、どこへひっこしたんやろ」

「源《げん》ちゃんとこは下京《しもぎょう》に新《あたら》しいお店《みせ》を見《み》つけはったけど、新《しん》ちゃんちは丹波《たんば》へひっこんでしまわはった。うちは、父《ちち》が寺子屋《てらこや》に来《き》てる子《こ》どもたちとわかれるのがいやや言《い》うて、すぐそこの堀川《ほりかわ》の東《ひがし》へうつったの。鳥《とり》がとびたつみたいにバタバタとせわしなかったんえ」

（おらの両親《りょうしん》は？）という言葉《ことば》を、冬吉《ふゆきち》は、ごくりとのみこんだ。聞《き》きたかったが、聞《き》かないほうがいいような気《き》がした。

そんな冬吉《ふゆきち》のようすに、おりんがすっと話《はなし》をかえた。

「冬《ふゆ》ちゃん、おぼえたはる？　あそこでいつも石《いし》けりしたの」

指《ゆび》さした路地《ろじ》は、はりめぐらされたなわの中《なか》にあった。

「うん……、こままわしや竹馬《たけうま》も」

「おにごっこも、かくれんぼも、げたかくしも――。けど、あと三日《みっか》でおやしきを建《た》てはじめるらしいの。そしたら、あの路地《ろじ》がきえてしまうわ」

「おらたちの路地《ろじ》やったのに」

くやしさがこみあげてきて、言葉《ことば》が出《で》なくなった。すると、おりんがはずんだ声《こえ》をあげた。

「ねえ、石《いし》けりしよ」

「えっ、今《いま》からか？」

「うん、まだうちらの路地《ろじ》やもん」

おりんの手《て》が冬吉《ふゆきち》の手《て》をとった。力《ちから》をこめて引《ひ》っぱられたわけではないのに、冬吉《ふゆきち》の体《からだ》が動《うご》いた。やわらかい手《て》のぬくもりが、ほわりと伝《つた》わってきた。

冬吉《ふゆきち》が、ぼうきれで地面《じめん》に線《せん》を引《ひ》いてるあいだに、おりんが、たいらな石《いし》をひろってきた。

小《ちい》さいころは、自分《じぶん》が使《つか》いやすい石《いし》をだいじに持《も》っていたものだ。

まずは、おりんから。

「冬《ふゆ》ちゃんには、いつもかなわへんかったけど、きょうは、まけへんえ」

小《ちい》さく片足《かたあし》でとびながら石《いし》をけっていき、ちょっとむつかしいところで線《せん》の上《うえ》に乗《の》せてしまった。

「あっ、しもた」

「こうたいや」

冬吉《ふゆきち》がけりはじめると、おりんが口《くち》でじゃまをする。

「あっ、毛虫《けむし》や。足《あし》のところ」

冬《ふゆ》に毛虫《けむし》なんかいるわけがない。知《し》らん顔《かお》でけっていく。

「あっ、犬《いぬ》や。こわい、きゃあ、冬《ふゆ》ちゃん助《たす》けてえ」

やっぱり冬吉《ふゆきち》は、知《し》らん顔《かお》。

「ううん、もう、いけず、きらい」

かまわずけっていき、一度《いちど》も休《やす》まないであがった。石《いし》をひろっておりんのほうを見《み》ると、ぷんぷんおこって、にらんでいる。

「もう、自分《じぶん》だけあがって」

「ハッハッハ、ごめん、ごめん」

おりんも自分《じぶん》の石《いし》をひろって、ほこりをはらった。

「はい、とりかえっこ」

「もういっぺんやるのか？」

「ううん、とっておくの」

「この路地《ろじ》でやった最後《さいご》の石《いし》けりやもんな」

「ちがうの。またいつかここで、冬《ふゆ》ちゃんと石《いし》けりをしたいの」

「けど、おやしきが建《た》ってしまうんやろ」

「うちの父《ちち》が、こないなこと言《い》うてたわ」

おりんが声《こえ》の調子《ちょうし》をかえた。

「今世《いまよ》の中《なか》が、大《おお》きく変《か》わろうとしておる。幕府《ばくふ》は、糸《いと》がからまったタコみたいに、いつおちるか分《わ》からん。あちこちの藩《はん》が、なんぼおやしきをつくってみても、あしたになったらつぶれてるかもしれん。きょう力《ちから》があるものが、あしたも強《つよ》いとはかぎらんのじゃ。本当《ほんとう》に強《つよ》いのは、毎日《まいにち》のくらしをまもって生《い》きてる町人《ちょうにん》や百姓《ひゃくしょう》じゃ。そやから、あきらめたらあかん。またこの町内《ちょうない》へもどるという気持《きも》ちを持《も》ちつづけていたら、いつかその機会《きかい》がある」

寺子屋《てらこや》のお師匠《ししょう》さんそっくりに、うでをくみ、いちいちうなずきながらしゃべった。そして、いたずらっぽく、くすっと笑《わら》った。

笑《わら》いかえしながら、冬吉《ふゆきち》は思《おも》った。

――とりもどせるものなら、とりもどしたい。

ここは自分《じぶん》がすてられていた場所《ばしょ》だ。ふるさとだ。あせもなみだも、たっぷりしみこんでいる。だが、今《いま》の冬吉《ふゆきち》には、どうすることもできない。どうすればいいのだろう……。

早《はや》く一人前《いちにんまえ》の筆師《ふでし》になることだ。この路地《ろじ》をとりかえす機会《きかい》がきたとき、りっぱな筆師《ふでし》にさえなっていれば、むねをはってもどってくることができる。

おりんが、小《ちい》さく声《こえ》をかけた。

「親方《おやかた》は、こわい？」

「えっ、あっ、いや」

きゅうに話《はなし》が変《か》わったので、答《こた》えにつまった。

「去年《きょねん》の祇園《ぎおん》まつりのころ、冬《ふゆ》ちゃんのでしいりしたはるお店《みせ》の前《まえ》をとおったの。中《なか》をのぞいてみたら、こわそうなおじさんが、ひたいにしわをよせて仕事《しごと》したはったわ。あの人《ひと》が親《おや》方《かた》？」

「そうや。こわいことあらへん。子《こ》どもがいいひんし、やさしゅうしてくれる。けど……」

筆《ふで》をへしおったときのきびしい顔《かお》を思《おも》い出《だ》した。

「仕事《しごと》のことになったら、きついわ」

「そう……。冬《ふゆ》ちゃん、まだ筆《ふで》をつくらせてもらえへんの？」

「あっ、いや、まだや」

首《くび》を横《よこ》にふったが、思《おも》わずふところに手《て》がいった。その手《て》のやり場《ば》にこまって、ひろった筆《ふで》をひっぱり出《だ》した。

「あの、これ、そこでひろうたんやけど」

おりんの顔《かお》が、ぱっとかがやいた。

「それ、うちとこのや。ひっこしのあと、わからへんようになってこまってたんよ。『筆《ふで》をそまつにするもんは、筆《ふで》にきらわれて、ええ字《じ》が書《か》けへん』いうて、父《ちち》にきつうおこられたわ。もう、なくさへんしな。おおきに」

うけとったおりんは、ふところから紙《かみ》をとり出《だ》して、ていねいにまきはじめた。まきながらポツンと言《い》った。

「冬《ふゆ》ちゃんの……筆《ふで》をつかいたい」

まきおえて顔《かお》を上《あ》げると、まっすぐ冬吉《ふゆきち》を見《み》た。

「うち、冬《ふゆ》ちゃんがつくった筆《ふで》で字《じ》を書《か》きたいの」

冬吉《ふゆきち》は息《いき》をのんだ。

「お、おらのつくった……筆《ふで》で」

あとは言葉《ことば》にならず、目《め》を大《おお》きくひらいておりんを見《み》かえした。うすくらがりにうかぶ白《しろ》い顔《かお》が、こっくりとうなずいた。

「うち、朝《あさ》から晩《ばん》まで冬《ふゆ》ちゃんがつくった筆《ふで》ばかり使《つか》っていたいの。おねがい、はよう一人前《いちにんまえ》の筆師《ふでし》になって」

冬吉《ふゆきち》のむねをおおっていた霧《きり》がさっと晴《は》れた。

——そうや！　筆《ふで》を使《つこ》うてくれる人《ひと》のことを思《おも》うてつくるんや。

筆《ふで》をにぎっているおりんちゃんの、顔《かお》や手《て》、書《か》いた文字《もじ》を、むねに思《おも》いうかべながらつくってみよう。そうすれば、心《こころ》のこもったいい筆《ふで》ができるかもしれない。

冬吉《ふゆきち》は、言葉《ことば》を、体《からだ》の中《なか》から、ひとことずつおし出《だ》した。

「なるよ、きっとりっぱな筆師《ふでし》になるよ。おりんちゃんに使《つこ》うてもらえるような筆《ふで》をつくる」

白《しろ》い顔《かお》がうれしそうにほほえんだ。

「じゃ、おそうなるとこわいし……」

「うん」

おりんが、なわの外《そと》へ出《で》て歩《ある》きはじめた。赤《あか》い花《はな》がらのきものが、やみにとけるように遠《とお》ざかっていく。ふと、その足《あし》がとまってふりむいた。

「冬《ふゆ》ちゃん……」

言《い》おうかどうしようかまよっているように、一度言葉《いちどことば》をのみこんでから口《くち》をひらいた。

「今《いま》でも、育《そだ》ててくれはったおとうさんやおかあさんをうらんだはる？」

冬吉《ふゆきち》は、とまどった。すぐには返事《へんじ》ができず、ただ、だまっていた。

「かんにんえ、へんなこと聞《き》いて……」

「いや、ええ」

うらんでないといえば、うそになる。だが、自分《じぶん》でも思《おも》いがけない言葉《ことば》が口《くち》をついて出《で》た。

「ひろってもろて、ありがたいと思《おも》うとる」

あの両親《りょうしん》がひろって育《そだ》ててくれなかったら、今《いま》の自分《じぶん》はない。この路地《ろじ》にこうして立《た》っていることもなければ、おりんちゃんと話《はな》すこともなかった。筆《ふで》は、自分《じぶん》のためではなく、使《つか》ってほしい人《ひと》のためにつくるものだと気《き》づくこともなかっただろう。人《ひと》をうらんでいるひまはない。うでをみがくことが先《さき》だ。

おりんの明《あか》るい声《こえ》がひびいた。

「冬《ふゆ》ちゃんが最初《さいしょ》につくった筆《ふで》は、うちにちょうだいね。きっとえ」

言葉《ことば》だけをのこして、あっというまに角《かど》をまがってきえた。だがその声《こえ》は、冬吉《ふゆきち》のむねの中《なか》で、鈴《すず》のようにひびきつづけていた。

冬吉《ふゆきち》は、ふところからへしおられた筆《ふで》をとり出《だ》し、路地《ろじ》の真《ま》ん中《なか》に、あなをほってうめた。

――こんどこそ、ほんまの「筆《ふで》」をつくってみせる。

かぶせた土《つち》を足《あし》でトントンとふみかためると、親方《おやかた》の待《ま》つ家《いえ》へむかって大《おお》またに歩《ある》きはじめた。

さんちき

三吉《さんきち》は仕事場《しごとば》におりてローソクをともした。

きょう、親方《おやかた》とふたりでつくりあげた祇園祭《ぎおんまつ》りの鉾《ほこ》の車《くるま》が、どっしりと立《た》っている。見上《みあ》げると、また、ためいきが出《で》た。

「どっから見《み》ても、ぴしっと引《ひ》きしまってる。ほんまに、ええできあがりや」

車輪《しゃりん》の真《ま》ん中《なか》から、お日《ひ》さまの光《ひかり》のようにまわりへのびている二十一本《にじゅういっぽん》のほそいささえ木《ぎ》のことを、矢《や》という。その一本《いっぽん》をにぎってゆすってみる。こそっともしない。

「うむ。きちっとはまってる。半人前《はんにんまえ》のおらがつくったなんて、だれも信《しん》じひんやろ」

八《やっ》つのときに、この「車伝《くるまでん》」にでしいりして、まだ五年《ごねん》。一人前《いちにんまえ》になるには、もう七《しち》、八年《はちねん》かかる。

ところが、あの口《くち》うるさい親方《おやかた》が、

「半人前《はんにんまえ》の三吉《さんきち》にも、手伝《てつど》うてもらおか。こんだけ大《おお》きな車《くるま》をつくることは、一生《いっしょう》に、なんべんもあらへんしな」

と、矢《や》をつくるのを一本《いっぽん》だけまかせてくれた。

でしいりしてから初《はじ》めて必死《ひっし》でやった。親方《おやかた》のこまかい注意《ちゅうい》もまじめに聞《き》いた。いつもなら半分《はんぶん》も聞《き》いてないのに。

組《く》み立《た》てが終《お》わり、親方《おやかた》とふたりで、天井《てんじょう》からつるした綱《つな》でしばって引《ひ》き起《お》こしたとき、体《からだ》がふるえた。そこらじゅう走《はし》りまわってさけびたかった。

——おらも、いっしょにつくったんやで！

自分《じぶん》がまかされたカシの木《き》の一本《いっぽん》の矢《や》が、白《しろ》くかがやいて見《み》えた。

車大工《くるまだいく》は、自分《じぶん》の気《き》に入《い》った車《くるま》がつくれたとき、名前《なまえ》をそっとほっておく。だから三吉《さんきち》もほることにした。親方《おやかた》とおかみさんがねてしまうのをまって夜中《よなか》にこっそり起《お》き出《だ》してきた。

ほってしまえば、こちらのものだ。なんぼ親方《おやかた》がどなっても消《き》えることはない。

字《じ》には、あまり縁《えん》がないけど、ひらがなで自分《じぶん》の名前《なまえ》の、

さ　ん　き　ち

とだけは、どうにか書《か》ける。

道具《どうぐ》ばこの中《なか》からノミをとってきて、ローソクの灯《あか》りをたよりに、「さ」の字《じ》からほりはじめた。

カシの木《き》は固《かた》い。よくといであるノミなのに、かなり力《ちから》がいる。横線《よこせん》とななめ下《した》へのびる線《せん》は、なんとかうまくいったが、まるみをつけるところがむずかしい。ていねいにほりこみたいけど、親方《おやかた》が目《め》をさましたらたいへんだ。それに、灯《あか》りをつけておくとぶっそうだ。

このごろ、京都《きょうと》の夜《よる》はこわい。

幕府《ばくふ》の政治《せいじ》のやり方《かた》に反対《はんたい》するさむらいたちがウロウロしている。「天誅《てんちゅう》だ」とか言《い》って、幕府方《ばくふがた》の役人《やくにん》や商人《しょうにん》を殺《ころ》す。

そのさむらいをとりしまる新選組《しんせんぐみ》も歩《ある》いている。つい三日前《みっかまえ》にも、すぐ近《ちか》くの三条大橋《さんじょうおおはし》で切《き》りあいがあった。

だから近《ちか》ごろでは、日《ひ》がしずんで暗《くら》くなると、どこの家《いえ》も早《はや》くから戸《と》をしめてねてしまう。こんな夜中《よなか》に灯《あか》りがついているのは、この「車伝《くるまでん》」だけかもしれない。

三吉《さんきち》は、いそいで「ん」の字《じ》にとりかかった。

気《き》があせって、なかなか思《おも》うようにいかない。まるいところが角《かく》ばってしまった。かまわずほりすすむ。鼻《はな》のあたまに、ぷつぷつとあせがふき出《だ》す。

つづいて三字《さんじ》めもほり終《お》わり、残《のこ》るはあと一字《いちじ》だけになった。ノミを持《も》ちなおしてほっていく。

「何《なに》してるんや！」

いきなり親方《おやかた》のどなり声《ごえ》がひびいた。

びくっととび上《あ》がった三吉《さんきち》は、あわててローソクの灯《あか》りをふきけした。

「ローソクが、もったいないやないか！」

とどなられそうな気《き》がしたからだ。

ところが親方《おやかた》は、

「ぶっそうやないか！」

とどなった。

三吉《さんきち》は、ひょこっと首《くび》をすくめ、いかにもすまなさそうにうなだれた。親方《おやかた》におこられたときは、こんなふうにしょんぼりしているのにかぎる。しょんぼりすればするほど、親方《おやかた》のどなり声《ごえ》は小《ちい》さくなっていく。

だが三吉《さんきち》は、かんじんなことをわすれていた。いま仕事場《しごとば》はまっくらなのだ。いくらしょんぼりしても親方《おやかた》には見《み》えない。

「何《なに》してたんや。言《い》うてみい」

答《こた》えるより早《はや》く、つぎの言葉《ことば》がとんできた。

「だまってたら、分《わ》からへん。しょんべんに起《お》きたら仕事場《しごとば》の灯《あか》りがついてるし、何《なに》ごとがおきたかと思《おも》うやないか」

そういえば親方《おやかた》は、ばんめしのとき、ひやしたお茶《ちゃ》をがぶのみしていた。

「答《こた》えられへんとこをみると、車《くるま》になんぞ悪《わる》さをしてたな」

三吉《さんきち》は、はげしく首《くび》をふった。

「悪《わる》さなんかしてまへん」

「ほんならなんや。はよう、言《い》うてみい」

まったくせわしない親方《おやかた》だ。答《こた》えるひまもない。

「な、なまえ……、名前《なまえ》をほってましたんや」

「だれの？」

「お、おらの……」

「おまえの名前《なまえ》を――」

「へい。おらがつくった矢《や》におらの名前《なまえ》をほってました。ほかのところには、なんもしてまへん」

「よし、ローソクをつけてみい」

「そやかて、親方《おやかた》、ぶっそうやもん」

「あほう。さむらいがこわくて車大工《くるまだいく》がつとまるか」

へんなりくつだ。さっき、「ぶっそうやないか！」とどなったのを、もうわすれている。しようがないから火打《ひうち》ばこのふたをあけ、火口《ほくち》に火《ひ》をつけてもう一度《いちど》ローソクをともした。

ゆらゆらと燃《も》えるほのおが車《くるま》をてらし出《だ》す。とたんに親方《おやかた》がどなった。

「このあほう！　表《おもて》にほるやつがあるか。自分《じぶん》の名前《なまえ》は、人《ひと》さまの目《め》ざわりにならんように車《くるま》の裏《うら》にほるもんや」

「あっ、すんまへん」

まったく気《き》がつかなかった。これでは自分《じぶん》の名前《なまえ》を見《み》せびらかしているようなものだ。

「それに、こりゃ、まちがえてるやないか」

「えっ、どこが！」

あわてて一字一字《いちじいちじ》ゆっくり見《み》た。だけど、「き」の字《じ》が「き」までほってあり、あと「こ」が残《のこ》っているだけで、べつにどの字《じ》もまちがっていない。

首《くび》をひねって考《かんが》えていると、親方《おやかた》がまたどなった。

「自分《じぶん》の名前《なまえ》もわすれたんか。上《うえ》からゆっくり読《よ》んでみい。順番《じゅんばん》がまちごうてるやないか、順《じゅん》番《ばん》が――」

「えっ」

よく見《み》ると、そこには、

さ　ん　ち　き

とほってあった。

「しもうたあ！」

あわてて、「ち」の字《じ》を手《て》でゴシゴシこすった。

「あほう。そないなことして消《き》えるか」

「そ、そやかて――」

「一度《いちど》ほりこんだもんはなあ、車《くるま》がなくなるまで消《き》えへんのや」

「お、親方《おやかた》、どないしたらええんやろ」

「どないもこないも、もうどうしょうもあらへん」

三吉《さんきち》は、しょんぼりとうなだれた。こんどのしょんぼりは、本当《ほんとう》のしょんぼりだ。

「はっはっはっ。この順番《じゅんばん》で読《よ》むと『さんちき』っちゅう名前《なまえ》になるやないか。それもなかなかおもろいな」

「親方《おやかた》、そんな……」

「よしっ、残《のこ》りをさっさとほってしまえ」

「そ、そやけど……」

「そやけどもヘチマもない。ここまでやったんなら、しまいまでほってしまわんと、何《なに》が書《か》いてあるか分《わ》からへんやないか」

それでもおろおろしていると、またどなられた。

「はようせんと、ぶっそうやないか」

「へ、へい」

三吉《さんきち》は、しかたなくノミを持《も》ち上《あ》げた。

「ちょっとまて、それを見《み》せてみい」

ノミをさし出《だ》すと、親方《おやかた》は目《め》の色《いろ》を変《か》えた。

「あほう！　こんなええのを使《つか》うやつがあるか」

さっさと道具《どうぐ》ばこの中《なか》へしまいこみ、仕事場《しごとば》のすみのガラクタ入《い》れをかきまわして、べつのノミをとってきた。

「字《じ》をほるには、これで十分《じゅうぶん》や」

そのノミは先《さき》が少《すこ》し欠《か》けていた。

「なんやその顔《かお》は――。これでは、うまいことほれへんちゅうのか。よし、わしが手本《てほん》を見《み》せたる」

親方《おやかた》は車《くるま》の向《む》こうがわにまわると、三吉《さんきち》がほっている矢《や》の裏《うら》がわに、何《なに》かほりはじめた。

そのうち、

元

という字《じ》ができあがった。わりにきちんとほれている。

「どや、うまいもんやろ」

「なんて読《よ》むんやろ？」

「全部《ぜんぶ》ほってから教《おし》えたる。ぼけっと見《み》てんと、おまえもガラクタ入《い》れからノミをさがしてきて、さっさとほらんかい」

けっきょく、一本《いっぽん》の矢《や》の裏《うら》と表《おもて》に、親方《おやかた》とでしがいっしょにほることになった。

三吉《さんきち》のほうは、「き」の字《じ》の「ㄷ」だけだから、すぐにほれた。それでも、まるみをつけるのに苦労《くろう》した。親方《おやかた》は、むずかしそうな字《じ》をつぎつぎにほっていく。けっこう楽《たの》しそうにやっている。なかなか終《お》わりそうにない。

「親方《おやかた》、はようせんと、ぶっそうですよ」

「あほう！　さむらいがこわくて車大工《くるまだいく》がつとまるか。さむらいが、命《いのち》をかけて幕府《ばくふ》だの尊王《そんのう》だのとやってるんなら、わしらも命《いのち》をかけて車《くるま》をつくってるんや。ええか三吉《さんきち》、わしらのノミの先《さき》にはな」

親方《おやかた》がそのつぎをしゃべるより早《はや》く、三吉《さんきち》があとをつづけた。

「四十人《よんじゅうにん》の命《いのち》がかかってるんでっしゃろ。鉾《ほこ》の上《うえ》に乗《の》る四十人《よんじゅうにん》のはやし方の重《おも》みを、この車《くるま》がささえてるんでっしゃろ。そやから……、ええと、そやから……。あっ、思《おも》い出《だ》した。ノミを動《うご》かすときには、一分《いちぶ》たりともまちがえたらあかんのでっしゃろ」

この車《くるま》をつくりはじめてから、おなじことをもう五回《ごかい》も聞《き》かされた。

親方《おやかた》が満足《まんぞく》そうにうなずいた。

「そのとおりや。車大工《くるまだいく》は木《き》をけずりながら自分《じぶん》の命《いのち》をけずってるんや」

しゃべりながら、どんどんほりこんでいく。

「よし、できたぞ」

見《み》ると、むずかしい字《じ》がならんでいる。

元治元年甲子五月二十日
親方《おやかた》が声《こえ》を出《だ》してゆっくり読《よ》んだ。

「がんじがんねん、きのえね、ごがつはつか、つまり、きょうのことや」

「へえー、親方《おやかた》は学《がく》があるんやね」

「これぐらい、だれでも知《し》ってるわ」

そのとき、外《そと》でどさっという音《おと》がした。物《もの》がたおれたような音《おと》だった。

ふたりはびくっと顔《かお》を見《み》あわせた。親方《おやかた》がローソクを指《ゆび》さすと同時《どうじ》に、三吉《さんきち》がふきけした。

だが、それっきり何《なに》も聞《き》こえない。

親方《おやかた》が、そっと入《い》り口《ぐち》のほうへ動《うご》いた。しんばりぼうをはずして右手《みぎて》ににぎり、左手《ひだりて》で戸《と》をほそくあける。

何《なに》も起《お》こらない。

もう少《すこ》しあける。やっぱり何《なに》も起《お》こらない。

三吉《さんきち》も戸口《とぐち》へ行《い》って外《そと》をのぞいてみた。動《うご》いているものはない。ただ、くらいやみが広《ひろ》がっているだけだ。

親方《おやかた》の手《て》が動《うご》き、となりの家《いえ》の前《まえ》を指《ゆび》さした。

「あれや」

そこだけ、道《みち》のはしが黒《くろ》くもり上《あ》がっており、そばには、白《しろ》く細長《ほそなが》い物《もの》がおちている。

親方《おやかた》が、低《ひく》くさけんだ。

「刀《かたな》や！」

黒《くろ》い物《もの》の形《かたち》がはっきり見《み》えてきた。さむらいが、体《からだ》をおりまげてたおれている。

三吉《さんきち》は、ごくっとなまつばをのみこんだ。

「し、死《し》んでるんやろか」

「わ、分《わ》からん」

「親方《おやかた》、ど、どないしょう」

「い、行《い》ってみるか」

「そやけど……」

「あほう。死人《しにん》がこわくて車大工《くるまだいく》がつとまるか。三吉《さんきち》、そこをはなせ。動《うご》けへんやないか」

知《し》らぬまに、手《て》が親方《おやかた》の着物《きもの》のそでをぎっちりにぎりしめていた。

親方《おやかた》のうしろから三吉《さんきち》もついて行《い》き、さむらいの顔《かお》をのぞきこんだ。

いきなり、その目《め》がくわっとひらいた。にらみつけるように、こちらを見《み》る。

「む、むねんじゃ……」

そのとき、ばらばらと走《はし》ってくる足音《あしおと》がきこえた。

ふたりは、あわてて家《いえ》の中《なか》へかけもどった。戸《と》をしめて、しんばりぼうをぎっちりとする。

やがて、三《さん》、四人《よにん》の足音《あしおと》が表《おもて》で止《と》まった。「みせしめだ。運《はこ》べ!」と、するどく低《ひく》い声《こえ》がして、足音《あしおと》が、もときたほうへ引《ひ》きかえして行《い》った。

親方《おやかた》は、もう一度《いちど》戸《と》をほそくあけた。何《なに》もなかった。たおれていたさむらいも刀《かたな》も消《き》えていた。

戸《と》じまりをして親方《おやかた》は、自分《じぶん》でローソクをつけた。ノミをガラクタ入《い》れの中《なか》へしまうと、まだ体《からだ》のふるえの止《と》まらない三吉《さんきち》にむかって、しずかに言《い》った。

「さむらいに生《う》まれんで、よかったな」

「……」

「あのさむらいの目《め》は、死《し》ぬまぎわやちゅうのに、にくしみでいっぱいやった。さむらいたちは、やたらと殺《ころ》しおうてばかりや。国《くに》のためやとか言《い》うてるけど、殺《ころ》しあいの中《なか》から、いったい何《なに》をつくりだすというんじゃ」

親方《おやかた》は、三吉《さんきち》がつくった矢《や》をにぎってぐいと引《ひ》いた。びくともしない。

「ええ仕上《しあ》がりや。この車《くるま》は何年《なんねん》もつと思《おも》う?」

三吉《さんきち》は、やっと口《くち》をひらいた。

「二《に》、三十年《さんじゅうねん》やろか」

「あほう、百年《ひゃくねん》や」

「百年《ひゃくねん》も！」

「わしらより長生《ながい》きするんや。さむらいたちは、なんにも残《のこ》さんと死《し》んでいくけど、わしらは車《くるま》を残《のこ》す。この車《くるま》は、これから百年《ひゃくねん》ものあいだ、ずっと使《つか》われつづけるんや」

「へえー」

「へえーやあらへん。おまえも、その車大工《くるまだいく》のひとりやないか。まだ半人前《はんにんまえ》やけど」

「半人前《はんにんまえ》は、よけいや」

「よけいのついでに、今《いま》から百年先《ひゃくねんさき》のことを考《かんが》えてみよか。世《よ》の中《なか》、どないなってるやろ。幕《ばく》府《ふ》がつづいてるか、ほかの藩《はん》が天下《てんか》をとってるか分《わ》からん。けど、わしらみたいな町人《ちょうにん》のくらしは、とぎれんとつづいてるやろ。祇園祭《ぎおんまつ》りも、町衆《まちしゅう》の力《ちから》で毎年《まいとし》おこなわれ、この車《くるま》は、祭《まつ》りのたびに、おおぜいの見物人《けんぶつにん》の前《まえ》をゴロゴロ引《ひ》かれていく。ほいで、だれかが、今《いま》わしらのほった字《じ》を見《み》つけるんや。見《み》つけて、こないに言《い》うかもしれへん」

そこで親方《おやかた》は、うでをくみ、声《こえ》の調子《ちょうし》を変《か》えてしゃべりだした。

「ほう、こりゃなんと百年《ひゃくねん》も前《まえ》につくった車《くるま》や。長持《ながも》ちしてるなあ。なになに『さんちき』か……。ふうん、これをつくった車大工《くるまだいく》やな。ちょっと変《か》わった名前《なまえ》やけど、きっとウデのええ車大工《くるまだいく》やったんやろなあ……」

「親方《おやかた》――」

三吉《さんきち》は親方《おやかた》の腰《こし》をぎゅっとおした。おこられるかなと思《おも》ったけど、何《なに》も言《い》われなかった。

「はっはっは、さあ、もうねろ。ローソクがもったいないやないか」

親方《おやかた》は、それだけ言《い》うと、さっさとおくへ入《はい》ってしまった。

三吉《さんきち》は、ローソクをふきけそうとして、もう一度《いちど》車《くるま》を見《み》た。

さ　ん　ち　き
とほった字《じ》が、ローソクの灯《あか》りの中《なか》に、ぼんやりとうかんで見《み》える。

そっとつぶやいた。

「さんちきは、きっとウデのええ車大工《くるまだいく》になるで」

思《おも》いきり息《いき》をすいこんで、ローソクの灯《あか》りをひとふきで消《け》した。

おけ

そのおけは、太吉《たきち》には少し大《おお》きすぎた。なわで背《せ》おうと腰《こし》の下《した》まであった。足《あし》を動《うご》かすたびに、しりにぶつかって歩《ある》きにくい。

足《あし》のはえたおけがひとりで歩《ある》いているように見《み》えるのだろう。すれちがった人《ひと》がふりむいては笑《わら》う。

だが太吉《たきち》は平気《へいき》だ。

おとくいさきにおけをとどけるのは太吉《たきち》の仕事《しごと》、これくらい背《せ》おえなければ、はじだ。

今《いま》、「はよ行《い》け、はよ行《い》け」と、しりをたたいているのは、長州藩《ちょうしゅうはん》の京《きょう》やしきへとどける水《みず》おけだ。

使《つか》ってある杉板《すぎいた》がぶあついので重《おも》い。流《なが》れるあせで、着物《きもの》が背中《せなか》にぺたっとはりつく。

高瀬川《たかせがわ》のほとりの木屋町通《きやまちどお》りを上《あ》がっていき、やっと三条《さんじょう》に出《で》た。左《ひだり》がわに旅宿《りょしゅく》「池田屋《いけだや》」が見《み》える。つい七日《なのか》ほど前《まえ》、そこではげしい切《き》りあいがあった。

池田屋《いけだや》にあつまっていた尊王攘夷派《そんのうじょういは》のさむらいが幕府《ばくふ》の新選組《しんせんぐみ》におそわれたのだ。死人《しにん》をつめた四斗《よんと》だるが三縁寺《さんえんじ》にいくつも運《はこ》びこまれた。

しばられて奉行所《ぶぎょうしょ》へひったてられていく人《ひと》たちもいた。顔《かお》みしりの丹波屋《たんばや》のおじさんまでつかまった。長州《ちょうしゅう》のさむらいをかくまっていたらしい。去年《きょねん》の夏《なつ》、長州人《ちょうしゅうじん》は幕府方《ばくふがた》の手《て》で京《きょう》都《と》から追《お》い出《だ》されたのに、またひそかにもぐりこんでいたのだ。

ひそかにではなく、おおっぴらに長州人《ちょうしゅうじん》がいるのは、長州藩京《ちょうしゅうはんきょう》やしき。といっても、るすばん役《やく》として三《さん》、四人《よにん》いるだけだ。

そのおやしきに、太吉《たきち》は、これからおけをとどけに行《い》く。あまり近《ちか》づきたくないけど、古《ふる》いおとくいさきだからしかたない。

「よいしょっ」

下《さ》がってきたおけをゆすり上《あ》げて、高瀬川《たかせがわ》にそって上《あ》がって行《い》く。舟入《ふないり》に荷物《にもつ》をおろした舟《ふね》が気楽《きらく》そうにうかんでいる。

加賀藩《かがはん》のおやしきのはずれにある小《ちい》さな橋《はし》をわたると、めざす長州藩《ちょうしゅうはん》のおやしきだ。でも、ここは裏口《うらぐち》だから、へいとへいにはさまれた細《ほそ》い路地《ろじ》になっている。

そのへいのすみに、小《ちい》さなくぐり戸《ど》がある。

「ふうっ、重《おも》かった」

腰《こし》のてぬぐいを引《ひ》きぬいてあせをふき、戸《と》をたたこうとしたとき、人《ひと》かげがふたつ、そばに立《た》った。まるで地《ち》の底《そこ》からわいてきたように、いきなり太吉《たきち》の両《りょう》がわに立《た》った。

ふたりとも髪《かみ》を講武所《こうぶしょ》ふうに結《ゆ》っている。今《いま》、幕府方《ばくふがた》のさむらいのなかではやっている髪型《かみがた》で、ひたいのそりあげがせまく、まげのうしろを少《すこ》し下《さ》げている。

やせて背《せ》の高《たか》いのが、のしかかるようにして言《い》った。

「そいつをおろせ」

――なんでおろさなあ、あかんのや。

フンとにらみかえしたら、口《くち》をゆがめて、きみわるく笑《わら》った。

こんなとこでけがでもしたら、つまらない。太吉《たきち》は、しばったなわを肩《かた》からはずした。

やせたさむらいが、カマキリのようにとび出《だ》した目《め》でおけを調《しら》べはじめた。もうひとりは、

「さからうと、いたい目《め》にあうぞ」

ゆだんなくあたりを見《み》まわしている。

おけの中《なか》には、何《なに》も入《はい》っていない。かんなできれいに仕上《しあ》げがされ、胴《どう》には竹《たけ》のタガが二本《にほん》、きちんとはめてある。どこから見《み》ても、ふつうのおけだ。

カマキリざむらいが、おけに手《て》をかけた。太吉《たきち》は、どきっとした。

――ひょっとしたら！

カマキリざむらいが、おけをたおして底《そこ》を見《み》た。あわてて太吉《たきち》ものぞきこんだ。だが、何《なに》もはりつけてなかった。ごくふつうの底板《そこいた》がはめてあるだけだ。

太吉《たきち》は、ふうっと肩《かた》の力《ちから》をぬいた。

ほんとうは不安《ふあん》だった。ただのおけではないような気《き》がしていた。けさ早《はや》く、旅《たび》すがたの目《め》つきのするどい商人《しょうにん》ふうの男《おとこ》が、親方《おやかた》をたずねて来《き》て長《なが》いあいだ話《はな》しこんでいった。そのあと親方《おやかた》のきげんがひどくわるくなり、

「おけがかわいそうや」

とか言《い》いながらつくったのが、これだ。

「こぞう、ぬげ」

カマキリざむらいが低《ひく》く言《い》った。

「えっ」

「きものをぬぐのだ」

――いやや、こんなところでぬげるか、あほっ。

ぷいと横《よこ》をむいたら、きもののえりをつかまれて引《ひ》っぱられた。

「ぬがしてやろうか」

すごい力《ちから》だ。しかたなく、ぬぐことにした。

まず、ふところから道具《どうぐ》ぶくろを出《だ》して下《した》におく。

「それは、なんだ？」

「おけを直《なお》す道具《どうぐ》や」

「見《み》せろ」

太吉《たきち》は、中《なか》から木づちと、かんなの刃《は》のようなしめ木をとり出《だ》した。どちらも親方《おやかた》がつくってくれたもので、大《おお》きさも重《おも》さも太吉《たきち》にちょうどよくて使《つか》いやすい。いつも持《も》ち歩《ある》いているわけではなく、きょう初《はじ》めて外《そと》へ持《も》って出《で》た。

店《みせ》を出《で》るとき、親方《おやかた》はいつものように、

「おとくいさきに、くれぐれも失礼《しつれい》のないようにな」

と注意《ちゅうい》した。そのあとまだ何《なに》か言《い》いたそうだったが、そのまま「行《い》ってこい」と手《て》をふった。

ただ、この木づちとしめ木を持《も》って行《い》くようにつけくわえた。

初《はじ》めてだった。

おとくいさきでタガのゆるんだおけがあれば、あずかって店《みせ》へ持《も》ち帰《かえ》り、直《なお》してまた持《も》って行《い》く。九《ここの》つのときにでしいりして四年《よねん》たつが、直《なお》しの道具《どうぐ》を持《も》って出《で》たのは、きょうが初《はじ》めてだ。太吉《たきち》は自分《じぶん》のうでがみとめられたような気《き》がしてうれしかった。

だから、カマキリざむらいに見《み》せ終《お》わると、すぐにしまいこんだ。さわられたくなかった。

きたない手《て》で心《こころ》の中《なか》をひっかきまわされるような気《き》がしていやだった。

立《た》ち上《あ》がって細《ほそ》おびをとき、着物《きもの》をぬいだ。ふんどしひとつになって、着物《きもの》をパタパタふって見《み》せてやった。何《なに》も出《で》てこない。あたりまえだ。太吉《たきち》は、おけをとどけに来《き》ただけなのだ。

だが、カマキリざむらいは、半《はん》びらきの目《め》でふんどしをじっと見《み》ている。あわてて太吉《たきち》は前《まえ》をおさえた。

「なんもあらへん！」

「ちっ」

と舌《した》うちをして、さむらいたちは、ようやく太吉《たきち》のそばをはなれ角《かど》をまがってすがたをけした。

「あほたれ、しょんべんたれ、鴨川《かもがわ》のゴモク！」

相手《あいて》にきこえないように悪口《わるくち》を言《い》ってから、着物《きもの》をきて、くぐり戸《ど》をたたいた。すると、まるで待《ま》っていたみたいに、さっと中《なか》へひらき、わかいさむらいが顔《かお》をのぞかせた。

くぐり戸《ど》の内《うち》がわで、今《いま》までのやりとりをだまって聞《き》いていたにちがいない。

――さっさと助《たす》けてくれたらええのに。

口《くち》をとんがらした太吉《たきち》に、そのさむらいはニヤッと笑《わら》った。

「首《くび》と胴《どう》がはなれずにすんでよかったな」

じょうだんじゃない。おけをとどけに来《き》ただけで殺《ころ》されてたまるか。

「はやく中《なか》へ運《はこ》べ」

わかざむらいは、えらそうに言《い》うだけで手《て》つだわない。太吉《たきち》があせをかきながら運《はこ》びこむのをすずしい顔《かお》で見《み》ている。

「だれにたのまれた」

ぶすっとしてこたえる。

「親方《おやかた》」

「親方《おやかた》のところにたのみに来《き》た者《もの》のことを聞《き》いておるのじゃ」

「知《し》りまへん」

「ちっ」と舌《した》うちして、おけをながめまわしはじめた。少《すこ》しかわいそうになって、けさ親方《おやかた》をたずねて来《き》た商人《しょうにん》のことを言《い》ってやると、わかざむらいの顔色《かおいろ》が変《か》わった。

「奥《おく》へ来《こ》い」

と、太吉《たきち》におけを背《せ》おわせて先《さき》に立《た》った。

ざしきには、年《とし》よりのさむらいがすわっていた。身分《みぶん》が高《たか》い人《ひと》らしくて、うす絹《ぎぬ》のいい羽織《はおり》を着《き》ている。下《した》あごが横《よこ》にはったゲタみたいな顔《かお》をしており、いかにもがんこそうだ。

おけを見《み》て、「ふむ」とうなってから、ふとい声《こえ》できっぱりと言《い》った。

「これをばらせ」

「えっ」

太吉《たきち》は思《おも》わず腰《こし》をうかした。

「タガをはずしてばらばらにするのじゃ」

「そんな、あほな！」

「これ、言葉《ことば》に気《き》をつけろ」

横《よこ》から、わかざむらいがしかりつける。

しかられたって、やすやすと変《か》わるもんじゃない。生《う》まれてからずっと、この言葉《ことば》をつかっているのだ。さむらいに合《あ》わせるなんてごめんだ。

「ばらすのは、むりか？」

むりではない、かんたんだ。だが、せっかくタガをしめたのに、なぜばらさねばならないのかが分《わ》からない。

「もう一度《いちど》組《く》み立《た》てろとは申《もう》さぬ。ばらすだけでよいのじゃ」

「ばらすだけやて——」

「うむ、そのまま燃《も》やすということになるかもしれぬ」

「そんな、あほな！」

太吉《たきち》は、またさけんだ。

つくったばかりのおけを燃《も》やすなんて、とんでもない。何《なに》かひみつがあるみたいだが、そんなの知《し》ったことではない。

ひとつのおけをつくるのにも、数《かぞ》えきれないほどの手間《てま》がかかる。丸太《まるた》を割《わ》って板《いた》をつくり、天日《てんぴ》で一年《いちねん》もかわかしたあと、かんながけが始《はじ》まる。おけ板《いた》の外《そと》がわも内《うち》がわも合《あ》わせ面《めん》も、きれいにけずり、タガで仮止《かりど》めしておけの形《かたち》にしたら、またかんながけ。底板《そこいた》の外《そと》へおす力《ちから》とタガの内《うち》へおす力《ちから》とを、うまくつりあわせながらしめたあと、もう一度《いちど》小口《こぐち》のかんながけをして、やっと仕上《しあ》がるのだ。

「いやや、ばらさへん」

太吉《たきち》は、きっぱりとことわった。

ゲタざむらいが、ふしぎなものでも見《み》るような目《め》つきになった。

「なぜだ？」

「おけは、たき木《ぎ》やない」

「ふむ、なるほどのう。職人魂《しょくにんだましい》というやつか」

うなずいて、わかざむらいに言《い》った。

「では、そちがやれ」

「はっ、どのように」

「かまわん、ナタでたたきわれ！」

「はっ」

わかざむらいが立《た》ち上《あ》がるのと、太吉《たきち》がさけぶのと同時《どうじ》だった。

「待《ま》って！」

ナタでたたきわられるのでは、あんまりかわいそうだ。太吉《たきち》は、くちびるをきゅっとかんで、ふところから道具《どうぐ》ぶくろをとり出《だ》した。

「やる気《き》になったか」

声《こえ》をかけたわかざむらいに、返事《へんじ》もせずに木《き》づちをにぎった。

——せっかくりっぱなおけになったのに、ごめんやで……。

カシの木《き》でつくったしいたしめ木をタガと胴《どう》のすきまに当《あ》てて、ゆっくりとたたきはじめる。いっぺんに強《つよ》くたたかず、少《すこ》しずつタガを下《した》へずらしていく。

二本《にほん》のタガをはずしてしまっても、おけは、ばらばらにならない。十四枚《じゅうよんまい》の杉板《すぎいた》が、しっかり支《ささ》えあって立《た》っている。

それを一枚《いちまい》ずつばらしていく。

すると――。

板《いた》と板《いた》とがぴったりくっついていた細《ほそ》い面《めん》に、字《じ》が書《か》いてあった。一枚《いちまい》だけではない。つぎつぎにばらすどの板《いた》にも、小《ちい》さい字《じ》がびっしり書《か》きこんである。

字《じ》の読《よ》めない太吉《たきち》には、何《なに》が書《か》いてあるのかさっぱり分《わ》からない。

ゲタざむらいが、ばらした板《いた》を手《て》にとって読《よ》みはじめた。あっちの板《いた》やこっちの板《いた》をちょっと読《よ》んでは、順番《じゅんばん》を入《い》れかえている。その目《め》がしだいにギラギラ光《ひか》りだした。

そして、ならびかえた板《いた》を最初《さいしょ》から読《よ》みなおすと低《ひく》くうめいた。

「ついに来《く》るぞ」

わかざむらいがひざをのり出《だ》した。

「それでは――」

「うむ。三千《さんぜん》もの兵力《へいりょく》で京《きょう》へのぼって来《く》る。あとひと月《つき》もすれば、わが長州藩《ちょうしゅうはん》が、ふたたび天下《てんか》を動《うご》かすことになる。高山《たかやま》、このおけは、すぐに燃《も》やせ」

「はっ」

「ま、まって！」

太吉《たきち》がさけぶと、ゲタざむらいがじろっとにらんだ。

「なんだ、おまえまだそこにいたのか。もう用《よう》はない、帰《かえ》れ、帰《かえ》れ」

「お、おけは？」

「おけも用《よう》ずみじゃ。すぐに燃《も》やす」

これだから、さむらいはきらいだ。

おけをかってに変《へん》なことにつかって、用《よう》がすめば燃《も》やしてしまう。燃《も》やされるおけのことなど考《かんが》えてもみない。おけにだって心《こころ》がある。つくった職人《しょくにん》の心《こころ》がこもっている。ちゃんと使《つか》われもしないで燃《も》やされたら、かわいそうだ。

立《た》ち上《あ》がったわかざむらいが板《いた》に手《て》をかけた。その手《て》をはらいのけるようにして、太吉《たきち》は板《いた》の上《うえ》に体《からだ》ごとかぶさった。

「おらがやる！」

外《そと》は、もううすぐらかった。

「この辺《へん》でよかろう」

わかざむらいが、うら庭《にわ》の物置小屋《ものおきごや》のそばで立《た》ち止《ど》まった。

太吉《たきち》は、つんであるたき木《ぎ》のそばから、かれしばをひっぱり出《だ》して火《ひ》をつけた。燃《も》えはじめると、わかざむらいがせかす。

「早《はや》くしろ」

まず、おけをしめる竹《たけ》のタガを一本《いっぽん》、そっと火《ひ》の上《うえ》にのせる。にくらしい火《ひ》が、へびの赤《あか》い舌《した》のようにはいまわり、やがてタガの全身《ぜんしん》をつつんで燃《も》えあがる。

一本《いっぽん》が燃《も》えつきるのを待《ま》って、二本目《にほんめ》をくべる。

「どんどん、ほうりこめ」

じれったそうに、わかざむらいがどなる。返事《へんじ》もせずに太吉《たきち》は、燃《も》えるタガをじっと見《み》つめていた。

そのとき、くぐり戸《ど》をはげしくたたく音《おと》がした。

あわててわかざむらいが戸《と》のそばへかけよる。

「だれだ」

早口《はやくち》の答《こた》えがすぐにかえってきた。

「長門屋《ながとや》でございます。手《て》ちがいが起《お》きました」

「まわりにあやしい者《もの》はいないか」

「は、はい……」

「よしっ」

わかざむらいがかんぬきをぬいて戸《と》をあけると同時《どうじ》に、ひとりの男《おとこ》がつきとばされてころげこんだ。

太吉《たきち》は思《おも》わず息《いき》をのんだ。男《おとこ》は、けさ親方《おやかた》をたずねて来《き》たあの商人《しょうにん》だった。

商人《しょうにん》のあとから、どやどやと、四《し》、五人《ごにん》のさむらいが入《はい》ってきた。そのうちのひとりがどなる。

「留守居役《るすいやく》の乃美殿《のみどの》に会《あ》わしてもらおう。この男《おとこ》が京《きょう》の町《まち》をうろついているからには、長州《ちょうしゅう》で何《なに》かあったにちがいない」

「ま、まってください」

あわてるわかざむらいと商人《しょうにん》を引《ひ》きずるようにして、さむらいたちは奥《おく》へ入《はい》っていった。

火《ひ》のそばに、太吉《たきち》がひとりのこった。くぐり戸《ど》はあいたままだ。

へいの外《そと》の道《みち》が夕《ゆう》やみの中《なか》に白《しろ》くうかんで見《み》える。高瀬川《たかせがわ》の小《ちい》さな水音《みずおと》が聞《き》こえる。

とっさに太吉《たきち》は、ばらばらのおけをしばり直《なお》して背中《せなか》へくくりつけた。

——にげろ!

だっと外《そと》へとび出《だ》した。いっきに橋《はし》をわたり高瀬川《たかせがわ》にそって走《はし》る。背中《せなか》でとびはねるおけ板《いた》をおさえながら必死《ひっし》に走《はし》る。

走《はし》りに走《はし》っているうちに息《いき》が苦《くる》しくなってきた。ふりむいてみたが追《お》ってくる者《もの》はいない。

ほっとひと息《いき》ついて足《あし》をとめた。

——やったぞ。

大声《おおごえ》をあげてさけびたくなった。

——おら、おけを助《たす》けたんや! 燃《も》やさせへんかったぞ!

背中《せなか》からおろして、もう一度《いちど》ちゃんとしばり直《なお》す。

——びっくりするやろな、親方《おやかた》。

太吉《たきち》が初《はじ》めて自分《じぶん》ひとりの力《ちから》でおけをつくりあげたときのように、目《め》を細《ほそ》めて、何度《なんど》もうなずいてくれるかもしれない。大《おお》きな手《て》で背中《せなか》をばんとたたいてくれるかもしれない。

早《はや》く親方《おやかた》の顔《かお》が見《み》たい。

太吉《たきち》は、おけを背中《せなか》にくくりつけ直《なお》すと、また走《はし》りはじめた。

かがり火《び》

一

ほら貝《がい》の音《おと》が鳴《な》りはじめた。夜《よる》の空気《くうき》をふるわせて高《たか》くひびき、兵士《へいし》たちをよびあつめている。

隆吉《りゅうきち》は、はずみをつけて立《た》ち上《あ》がった。

――いよいよやな。

目《め》の前《まえ》のかがり火《び》にマキをたっぷりとほうりこみ、本陣《ほんじん》にむかって歩《ある》きだした。

あちこちで燃《も》えるかがり火《び》の灯《あか》りが、大堰川《おおいがわ》の流《なが》れにうつってゆれている。

長州軍《ちょうしゅうぐん》が天龍寺《てんりゅうじ》に陣《じん》をしいた六月《ろくがつ》の終《お》わりから、嵯峨《さが》の夜《よる》は、なくなってしまった。寺《てら》の門前《もんぜん》や家《いえ》のそば、山《やま》の上《うえ》や川《かわ》の岸《きし》べで、かぞえきれないほどのかがり火《び》がたかれた。隆吉《りゅうきち》たち百姓《ひゃくしょう》も、かり出《だ》されて夜通《よどお》しマキをくべた。

嵯峨《さが》の野山《のやま》に赤《あか》あかと燃《も》えるかがり火《び》を見《み》た京都《きょうと》の人《ひと》びとは、「何万《なんまん》もの大軍《たいぐん》がいるにちがいない」とうわさしあったという。

その火《ひ》も、きょうで消《き》える。

二十日前《はつかまえ》から、伏見《ふしみ》、山崎《やまざき》、天龍寺《てんりゅうじ》の三カ所《さんかしょ》に陣《じん》をしき幕府軍《ばくふぐん》とにらみあっていた長州軍《ちょうしゅうぐん》が、ついに動《うご》きはじめたのだ。

ほら貝《がい》の音《おと》が、いっそう大《おお》きくなった。

足《あし》を早《はや》めて芹川橋《せりかわばし》をわたり、角倉《すみのくら》の土蔵《どぞう》の前《まえ》をすぎる。渡月橋《とげつきょう》のたもとまで来《き》たとき、うしろからよび止《と》められた。

ふりむくと、手《て》をふりながら橋《はし》をわたって来《く》る者《もの》が見《み》えた。体《からだ》の大《おお》きさのわりに顔《かお》が小《ち》さい。小太郎《こたろう》だ。

「ちっ」

隆吉《りゅうきち》は舌《した》うちした。

――来《く》るな！　と言《い》うといたのに。

走《はし》って来《き》た小太郎《こたろう》が息《いき》をはずませていった。

「とうとう、はじまるんやね」

腰《こし》の下《した》までの短《みじか》いつつそでを着《き》て、わらじばきの足《あし》に、きゃはんをつけている。まるっこい顔《かお》が赤《あか》いのは、かがり火《び》のせいだけではなく、気持《きも》ちが高《たか》ぶっているからだろう。

――こりゃ、止《と》めてもあかんな。

それでも隆吉《りゅうきち》は言《い》わずにおれなかった。

「おまえは、来《こ》んでもええ。もどれ」

小太郎《こたろう》が、ぷっと口《くち》をとんがらした。

「だんなさまに、行《い》きますて言《い》うたんや」

気《き》の強《つよ》そうな目《め》が、つり上《あ》がっている。

「だいじょうぶや。むりして行《い》かんでも、また仕事《しごと》をもらえるようにしてやる」

「みんなから、おくびょうもんて言《い》われとうないんや」

小太郎《こたろう》は隆吉《りゅうきち》の横《よこ》をすりぬけて前《まえ》へ出《で》た。

「おら、ぜったいに行《い》く」

もう向《む》こうをむいて走《はし》りだした。

「ふうっ、とんだおにもつやな……」

肩《かた》をすくめた隆吉《りゅうきち》も、あとを追《お》って天龍寺《てんりゅうじ》のけいだいへかけこんだ。

けいだいにある建物《たてもの》のすべてに、つりどうろうがつるされ、あちこちでかがり火《び》が燃《も》えさかっている。あつまった兵士《へいし》たちの顔《かお》が、はっきり見《み》わけられるほど明《あか》るい。

隆吉《りゅうきち》のなかまは、本陣《ほんじん》の横《よこ》にならべられた大砲《たいほう》のそばにいた。浜仲仕《はまなかし》の若者組《わかものぐみ》ばかり、

二十人《にじゅうにん》。

浜仲仕《はまなかし》とは、イカダの陸《りく》あげをする者《もの》のことをいう。山奥《やまおく》からイカダに組《く》まれてながされてきた杉《すぎ》や松《まつ》を、一本《いっぽん》ずつばらして川《かわ》からひき上《あ》げ、二《に》、三日《さんにち》かわかしたあと、かついで木場《きば》へ運《はこ》びこむ。

この嵯峨《さが》には十七軒《じゅうしちけん》の材木屋《ざいもくや》があり、近《ちか》くの百姓《ひゃくしょう》たちは、イカダが流《なが》されるあいだだけ浜仲《はまなか》仕《し》としてやとわれる。

その材木屋《ざいもくや》の一軒《いっけん》――福田理兵衛《ふくだりへえ》は、長州藩出入《ちょうしゅうはんでい》りの御用達商人《ごようたししょうにん》である。

長州軍《ちょうしゅうぐん》が天龍寺《てんりゅうじ》に陣《じん》をしいたとき、兵糧米《ひょうろうまい》をはじめ、茶《ちゃ》わん、はしにいたるまで、必要《ひつよう》な物《もの》すべてを牛車《ぎゅうしゃ》で運《はこ》びこんだ。そしてきのう浜仲仕《はまなかし》たちに、

「あすの夜《よる》、ほら貝《がい》の音《おと》をあいずに、げんじゅうな足《あし》ごしらえをして天龍寺《てんりゅうじ》へあつまってくれ」

とつたえてきた。

ことわりきれずに、隆吉《りゅうきち》を頭《かしら》とする若者組《わかものぐみ》が、人足《にんそく》として出《で》ることになった。大砲《たいほう》や弾薬《だんやく》をつんだ車《くるま》を引《ひ》くのだ。

ならべられた大砲《たいほう》は重《おも》そうだった。五門《ごもん》もあった。

隆吉《りゅうきち》はなかまの列《れつ》の一番《いちばん》うしろに立《た》った。

何人《なんにん》かがふりむいた。どの顔《かお》も赤《あか》くほてっている。むりもない。生《う》まれて初《はじ》めていくさに行《い》くのだ。

列《れつ》が、ざわっとゆれた。

背《せ》のひくい武士《ぶし》がひとり近《ちか》づいてくる。

その細長《ほそなが》い顔《かお》を見《み》て隆吉《りゅうきち》は思《おも》わず声《こえ》をあげた。長州軍《ちょうしゅうぐん》の具足《ぐそく》をつけ、腰《こし》に刀《かたな》をさしているが、まちがいなく材木屋《ざいもくや》のだんな――理兵衛《りへえ》だった。

日《ひ》ごろから尊王攘夷派《そんのうじょういは》の志士《しし》とまじわり、「長州《ちょうしゅう》のためにつくすことが国《くに》のためになる」と言《い》っていたが……。

――長州軍《ちょうしゅうぐん》の兵士《へいし》としていくさに加《くわ》わるとは、思《おも》いきったもんや。

材木屋《ざいもくや》のだんな衆《しゅう》の中《なか》では、意外《いがい》にもの分《わ》かりがよく、ふとっぱらなところがある。嵯峨《さが》から京《きょう》の町中《まちなか》へ材木《ざいもく》を運《はこ》ぶために水路《すいろ》をほる計画《けいかく》を立《た》てたりして、いつも大《おお》きな立場《たちば》でものを見《み》ている人《ひと》だ。

理兵衛《りへえ》は人足《にんそく》たちに声《こえ》をかけながらそのまま本陣《ほんじん》の中《なか》へ消《き》えた。

隆吉《りゅうきち》にも、

「たのむぞ」

と短《みじか》く言《い》った。

隆 吉《りゅうきち》はこたえなかった。だまって目《め》をふせた。自分《じぶん》の信念《しんねん》をつらぬこうとする理兵衛《りへえ》は、りっぱだ。だが、そのままぎぞえをくうのはごめんだ。

幕府《ばくふ》の屋台骨《やたいぼね》があぶなくなっているのは隆吉《りゅうきち》にも分《わ》かる。どうせなら早《はや》くたおれてしまえば、すっきりする。そのあとに、もっと百姓《ひゃくしょう》や町人《ちょうにん》のことを考《かんが》えてくれる政府《せいふ》ができるなら、力《ちから》をおしまない。だが、「徳川幕府《とくがわばくふ》」の看板《かんばん》がおろされて、かわりに、「長州幕府《ちょうしゅうばくふ》」の看板《かんばん》がかかるだけだろう。隆吉《りゅうきち》たちの手《て》のとどかないところで、さむらいが好《す》きかってに政治《せいじ》を動《うご》かすことに、かわりはない。

やはり、自分《じぶん》たちの知恵《ちえ》と力《ちから》でくらしをまもっていくしかないのだ。

そして今《いま》は、人足《にんそく》としてかり出《だ》された若者組《わかものぐみ》のなかまを、ひとりのけが人《にん》も出《だ》さずに村《むら》へ連《つ》れて帰《かえ》ることだけを考《かんが》えている。

いくさがはじまる前《まえ》にひきあげるのが一番《いちばん》いいのだが、にげたのがばれたら、あとがこわい。

——あいつがむかしのままやったら、ええ知恵《ちえ》をかりられるのに……。

隆 吉《りゅうきち》は列《れつ》の先頭《せんとう》にいる文七《ぶんしち》を見《み》た。

文七《ぶんしち》は、三月前《みつきまえ》の嵐《あらし》の夜《よる》、あやの兄《あに》を死《し》なせてから、すっかり変《か》わってしまった。事故《じこ》だからしかたがないのに、自分《じぶん》をきびしく責《せ》めつづけ、いまだに口《くち》も心《こころ》もかたく閉《と》ざしたままだ。

いつものように、少《すこ》し右肩《みぎかた》を下《さ》げて文七《ぶんしち》は立《た》っている。わき見《み》もせず、ふりむきもしない。自分《じぶん》は、まわりのことにはかかわりがないという感《かん》じで、棒《ぼう》のようにつっ立《た》っている。みょうに、かげがうすい。

隆吉《りゅうきち》は、どきっとした。

——あいつ、ひょっとして！

あたりに、人足《にんそく》を指揮《しき》するさむらいのすがたはない。列《れつ》をはなれて先頭《せんとう》の文七《ぶんしち》のところへ大《おお》またに近《ちか》づいた。

文七《ぶんしち》の少《すこ》しおちくぼんだ目《め》が動《うご》いて隆吉《りゅうきち》を見《み》た。さめた白《しろ》い顔《かお》をしている。ひとりで、ざわめきの外《そと》にいる感《かん》じだ。

隆吉《りゅうきち》は、ずばっと言《い》った。

「死《し》んでもええなんて思《おも》うんやないで」

いっしゅん文七《ぶんしち》は、きっと顔《かお》を上《あ》げたが、そのまま目《め》をそらした。

さむらいが具足《ぐそく》をカチャカチャいわせながら走《はし》ってきた。とっさに隆吉《りゅうきち》は文七《ぶんしち》のうしろへわりこんだ。
さむらいが声《こえ》をはり上《あ》げる。
「持《も》ち場《ば》につけえ!」
人足《にんそく》たちは、二《に》、三人《さんにん》ずつ大砲《たいほう》や弾薬《だんやく》をつんだ大八車《だいはちぐるま》のそばへ散《ち》った。
つぎのしゅんかん、本陣《ほんじん》からタイコの音《おと》が、
ドーン　ドーン　ドーン
と、大《おお》きく三度《さんど》ひびき、長州軍《ちょうしゅうぐん》は京都《きょうと》へ向《む》かって動《うご》きはじめた。

二

あやは、ねまきのえりをぎゅっとつかんで、くらやみの中《なか》にすわっていた。

——うちは、どないしたらええんやろ。

耳《みみ》をすますと聞《き》こえてくる。馬《うま》のひづめの音《おと》や荷車《にぐるま》の音《おと》が……。

長州軍《ちょうしゅうぐん》は、ついに出発《しゅっぱつ》してしまった。文七《ぶんしち》さんも、隆吉《りゅうきち》さんたちといっしょに大砲《たいほう》を引《ひ》いていくにちがいない。

——せめて、見《み》おくりに行《い》こうか……。

文七《ぶんしち》さんと口《くち》をきかなくなって、もう三月《みつき》になる。三月前《みつきまえ》の嵐《あらし》の夜《よる》に、兄《あに》が文七《ぶんしち》さんとイカダの上《うえ》でぶつかって川《かわ》におちて死《し》んでから、しばらくは、あやのほうがさけていた。きらいになったわけではない。話《はな》すのがこわかったのだ。文《ぶん》七《しち》さんは何《なに》か言《い》いたそうだったのに、その目《め》をうけとめることができなかった。

そのまま、気《き》まずい日々《ひび》がつみかさねられていった。いつも身近《みぢか》に感《かん》じていた文七《ぶんしち》さんが、しだいに手《て》のとどかない人《ひと》になっていった。

そしてきのう、田《た》の草《くさ》とりをしているところへ隆吉《りゅうきち》さんが来《き》た。いつものように軽《かる》く右手《みぎて》を上《あ》げ、大《おお》きな体《からだ》をおりまげるようにしてあぜ道《みち》にすわった。

隆吉《りゅうきち》さんは人《ひと》の目《め》など気《き》にしない。どこでも平気《へいき》で話《はな》しかけてくる。十七《じゅうしち》になった今《いま》でも、いっしょに遊《あそ》んだ小《ち》さいころのままに……。

「あやちゃん、おれが死《し》んだら泣《な》いてくれるかい」

「えっ」

「人足《にんそく》として、いくさについて行《い》くことになったんや」

「まあ……」

「なんぼ、『おれはさむらいとちがうし、うたんといてくれ!』ちゅうてさけんでも、大砲《たいほう》や鉄砲《てっぽう》のたまは、よけてとおってくれへん。あやちゃんの顔《かお》も、これが見《み》おさめや」

「そんな――」

「はっはっは。少《すこ》しは心配《しんぱい》してくれてる顔《かお》やな」

「あたりまえでしょう」

「おおきに、おおきに。じつは文七《ぶんしち》も行《い》くんや」

「えっ、文七《ぶんしち》さんも!」

「とうとうあいつも、いとしのあやちゃんと仲《なか》なおりできひんままに、短《みじか》い一生《いっしょう》を終《お》わるのか」

「そんな――」

「なんとかしたって」

「なんとか……って?」

「あいつをなんとかできるのは、もう、あやちゃんしかいいひん」

「……」

「たのむ、なんとかしたって――。このとおりや」

頭《あたま》をさげた隆吉《りゅうきち》さんに、あやは、どうしていいか分《わ》からず、ただ、あいまいにうなずいた。

京都《きょうと》へむかう長州軍《ちょうしゅうぐん》のざわめきが近《ちか》づいてくる。ざっざっと土《つち》をける音《おと》さえ聞《き》こえそうだ。あの中《なか》には、文七《ぶんしち》さんの足音《あしおと》もまじっているのだろう。胸《むね》の中《なか》に、くらいやみをだいたまま歩《ある》いているのだろうか。

――うちは今《いま》でも、あの人《ひと》の胸《むね》に灯《あか》りをともしてあげられるんやろか。

人《ひと》は、生《い》きるのがつらすぎるとき、あたたかい愛《あい》をもとめるという。三月前《みつきまえ》の文七《ぶんしち》さんが、そうだったにちがいない。兄《あに》を亡《な》くしたあやよりも、兄《あに》を死《し》なせた文七《ぶんしち》さんのほうが、もっとつらかったはずだ。それなのに、あやは……。

馬《うま》のいななきが聞《き》こえた。

あやは、つっと立《た》ち上《あ》がった。

――会《あ》いたい。今《いま》、このときをのがしたら、もう会《あ》えへんかもしれへん。

ねまきの上《うえ》から、ひとえの小袖《こそで》をはおった。そのまま土間《どま》におり、ぞうりをはいて戸《と》のしんばり棒《ぼう》をはずした。

「どないしたの？」

母《はは》の声《こえ》に、

「すぐもどってくるし」

と、低《ひく》くこたえて外《そと》へ出《で》た。

家《いえ》のかどや田《た》んぼのはずれで、かがり火《び》が燃《も》えている。あやは、ざわめきにむかって走《はし》った。

道《みち》のつじつじに、長州軍《ちょうしゅうぐん》の出発《しゅっぱつ》を見《み》ようという人《ひと》たちが、何人《なんにん》かずつかたまっている。細《ほそ》いあぜ道《みち》を走《はし》りぬけてその人《ひと》たちの中《なか》へまじった。

目《め》の前《まえ》を剣付鉄砲《けんつきてっぽう》をかついだ兵《へい》がとおりすぎて行《い》く。かぶった笠《かさ》の下《した》の顔《かお》は、どれもきびしい。おこっているようにさえ見《み》える。

――文七《ぶんしち》さんは、もう行《い》ってしまわはったんやろか……。

馬《うま》にのったさむらいが来《き》た。馬《うま》の動《うご》きにあわせて、肩《かた》あてがカチャカチャと鳴《な》る。

――あっ！

そのあとに文七《ぶんしち》さんがいた。

綱《つな》を肩《かた》にかけて大砲《たいほう》を引《ひ》っぱっている。前《まえ》かがみになり地面《じめん》を見《み》つめたままの顔《かお》が、あせで光《ひか》っている。

――文七《ぶんしち》さん！

胸《むね》の中《なか》で名前《なまえ》をよんだ。でも、顔《かお》も上《あ》げずに目《め》の前《まえ》をとおりすぎて行《い》く。

「文七《ぶんしち》さん」

思《おも》いきってかけた声《こえ》が、ざわめきの中《なか》へすいこまれて消《き》えた。少《すこ》しやせた横顔《よこがお》は、そのまま人《ひと》と大砲《たいほう》のかげになって見《み》えなくなった。

あやは、ぼうぜんと立《た》ちすくんだ。

ふと、そばで人《ひと》の動《うご》くけはいがした。ひとりの人足《にんそく》が、かがんでわらじをなおしている。ひょいと上《あ》げた顔《かお》は小太郎《こたろう》だった。まっすぐあやを見《み》つめて早口《はやくち》に言《い》った。

「隆吉《りゅうきち》さんから、ことづてです。あなたが見《み》おくりに来《き》たことを文七《ぶんしち》につたえます。ぶじにもどってくるように、いのってやってください」

見《み》ると、隆吉《りゅうきち》さんがひとりで綱《つな》を二本《にほん》持《も》って大砲《たいほう》を引《ひ》いていた。こちらをむいてニヤッと笑《わら》った。あやは右手《みぎて》を小《ちい》さくふった。

小太郎《こたろう》が走《はし》ってもどり、隆吉《りゅうきち》さんから綱《つな》を一本《いっぽん》うけとって引《ひ》きはじめた。すぐにふたりのすがたも、くらやみの中《なか》にのまれた。

――おねがい。みんな、ぶじにもどってきて！

あやは両手《りょうて》を合《あ》わせたまま、いつまでも立《た》ちつくしていた。

三

さすがの隆吉《りゅうきち》も少《すこ》し不安《ふあん》になってきた。

とうとう一条《いちじょう》もどり橋《ばし》まで来《き》てしまった。長州軍《ちょうしゅうぐん》がめざす御所《ごしょ》まで、あとわずかだ。御所《ごしょ》の各門《かくもん》は幕府方《ばくふがた》の軍《ぐん》が守《まも》っている。夜《よ》もあけはじめた。両軍《りょうぐん》はもうすぐぶつかるだろう。

――ほんまに、ひとりのけが人《にん》も出《だ》さずに、みんなをつれて帰《かえ》ることができるんやろか。

隊列《たいれつ》の動《うご》きが急《きゅう》に止《と》まった。

とつぜん、前《まえ》のほうで鉄砲《てっぽう》の音《おと》がひびいた。

――はじまったか！

隆吉《りゅうきち》は、いつでもとび出《だ》せるように綱《つな》を肩《かた》からはずした。

「こらっ、どこへ行《い》く！」

いきなり、うしろからどなり声《ごえ》がひびいた。びくっとしてふりむくと、黒《くろ》いかげがひとつ、むこうへ走《はし》って行《い》くのが見《み》えた。

「待《ま》て！」

バラバラと、さむらいがあとを追《お》う。

目《め》をこらすと、にげていく黒《くろ》いかげの腰《こし》に刀《かたな》が見《み》えた。隆吉《りゅうきち》は、ほっとした。若者組《わかものぐみ》のなかまではない。

すぐに、追《お》いかけたさむらいがもどってきた。

「切《き》りすてた――。だれでも、にげれば命《いのち》はないと思《おも》え」

いっしゅん、隆吉《りゅうきち》の体《からだ》がこおりついた。

――うかつに、にげられへん……。

何《なに》ごともなかったかのように、ふたたび隊列《たいれつ》が動《うご》きはじめる。

「さっきの鉄砲《てっぽう》の音《おと》は、敵《てき》のていさつ兵《へい》と出会《であ》ったため」と分《わ》かった。

その一発《いっぱつ》のために、あわててにげだした兵士《へいし》の命《いのち》がひとつ消《き》えた。

――あの男《おとこ》とおなじには、なりとうない。

隆吉《りゅうきち》は歯《は》をぎしっとかみあわせて綱《つな》を引《ひ》いた。

少《すこ》し進《すす》んでから、大《おお》きな門《もん》の中《なか》と外《そと》にわかれて「弁当《べんとう》をつかえ」という命令《めいれい》がつたわってきた。天龍寺《てんりゅうじ》を出《で》るとき配《くば》られたつつみをあけて、麦《むぎ》のにぎりめしを食《く》う。

若者組《わかものぐみ》のみんなは、めしがあまりのどをとおらないようだ。

源三《げんぞう》がちらっと隆吉《りゅうきち》を見《み》る。隆吉《りゅうきち》は、だまってうなずきかえす。源三《げんぞう》とは、力《ちから》を合《あ》わせてみんなをにがそうと話《はな》しあってきた。

文七《ぶんしち》は、あいかわらずだ。ひとりはなれてすわっている。あやが見《み》おくりに来《き》たことをつたえたときは、びっくりしたような、こまったような顔《かお》をしたが、すぐに下《した》をむいた。

弁当《べんとう》を食《た》べおわると、全軍《ぜんぐん》が三《みっ》つに分《わ》けられ、それぞれ、御所《ごしょ》の各門《かくもん》へ向《む》かうと告《つ》げられた。

――しもた！

隆吉《りゅうきち》は、くちびるをかんだ。若者組《わかものぐみ》も三《みっ》つにわかれてしまう。

源三《げんぞう》が隆吉《りゅうきち》に軽《かる》く右手《みぎて》を上《あ》げて下立売門《しもたちうりもん》へ向《む》かった。

――たのむぞ、源三《げんぞう》！

隆吉《りゅうきち》は蛤門《はまぐりもん》へ行《い》く隊《たい》に入《い》れられた。文七《ぶんしち》と小太郎《こたろう》もいっしょだ。少《すこ》しほっとした。

中立売門《なかたちうりもん》に向《む》かったもう一隊《いったい》のことが気《き》になるが、どうすることもできない。

しばらく進《すす》んだところで、急《きゅう》に隊列《たいれつ》が止《と》まった。

背《せ》のびをして前《まえ》のほうをのぞいたとたん、鉄砲《てっぽう》の音《おと》がはげしくひびいた。

立《た》ちすくんでいる隆吉《りゅうきち》の耳《みみ》に、するどい号令《ごうれい》がとんできた。

「大砲隊《たいほうたい》、前《まえ》へ！」

ついに始《はじ》まったのだ。

大砲隊《たいほうたい》のさむらいがきびしく言《い》った。

「行《い》くぞ！」

兵士《へいし》たちが道《みち》をあける。隆吉《りゅうきち》は力《ちから》を入《い》れて綱《つな》を引《ひ》いた。小太郎《こたろう》の顔《かお》がこわばっている。

前《まえ》へ出《で》ると、鉄砲《てっぽう》のけむりがたちこめ、きなくさいにおいが鼻《はな》をついた。たおれている兵士《へいし》のうめき声《ごえ》がきこえてくる。

鉄砲《てっぽう》のけむりが消《き》えて目《め》の前《まえ》がからっとひらけた。思《おも》わずうっと息《いき》をのんだ。一町《いっちょう》（約《やく》百九《ひゃくきゅう》メートル）ほど先《さき》に敵軍《てきぐん》がいる。ずらっとならんだ鉄砲《てっぽう》のつつ先《さき》がこちらをにらんでいる。

「うてえ！」

敵軍《てきぐん》のさむらいがどなると同時《どうじ》に、その鉄砲《てっぽう》がいっせいに火《ひ》をふいた。

隆吉《りゅうきち》は、ぱっと頭《あたま》を下《さ》げ、小太郎《こたろう》の体《からだ》をおさえこんで身《み》をふせた。頭《あたま》の上《うえ》をヒューンとたまがとび、大砲《たいほう》や荷車《にぐるま》にバチバチとあたる。カニのように地面《じめん》にへばりついたまま動《うご》けない。

ふいに静《しず》かになった。すぐそばに大砲隊《たいほうたい》のさむらいがたおれている。

「今《いま》や！」

小太郎《こたろう》の手《て》をぐいと引《ひ》き、うしろにひかえている長州軍《ちょうしゅうぐん》の隊列《たいれつ》めざして走《はし》りだした。

そこには、もう一門《いちもん》の大砲《たいほう》があり、文七《ぶんしち》と清蔵《せいぞう》が綱《つな》をにぎっている。隆吉《りゅうきち》はふたりのところへ走《はし》った。そばに大砲隊《たいほうたい》のさむらいがいたが、かまわず文七《ぶんしち》の綱《つな》を肩《かた》からはずした。

「ぼけっとするな。ついてこい！　清蔵《せいぞう》も早《はよ》う！」

さけんで走《はし》り出《だ》そうとしたとたん、目《め》の前《まえ》に、すっとヤリがのびてきた。

「どこへ行《い》く。もどれ！」

隆吉《りゅうきち》は足《あし》を止《と》めてさむらいの顔《かお》を見《み》た。目《め》が血走《ちばし》っている。

――本気《ほんき》や。

背中《せなか》をつめたいものが流《なが》れた。

そのとき、ヒューンと空気《くうき》をきりさく音《おと》がした。

ドカーン！

はげしい地《じ》ひびきとともに、土《つち》がまい上《あ》がった。

いっしゅん、けむりと土《つち》ぼこりで、何《なに》も見《み》えなくなった。目《め》もあけられないし、息《いき》もつけない。だが、どこもいたくない。ぶじに立《た》っている。

むりに口《くち》をおしあけてどなった。

「文七《ぶんしち》！　小太郎《こたろう》！　どこや！」

いきなりうでをつかまれて、ぐいと引《ひ》っぱられた。

「こっちだ」

文七《ぶんしち》の声《こえ》だった。引《ひ》っぱられてけむりの外《そと》へ出《で》る。

「あそこへ！」

文七《ぶんしち》が指《ゆび》さした門《もん》のかげに若者組《わかものぐみ》のなかまが三人《さんにん》かくれている。隆吉《りゅうきち》は、言《い》われるままにそこへ向《む》かって走《はし》った。

走《はし》りこんでなかまと声《こえ》をかけあい、ほっとひと息《いき》ついたところへ、文七《ぶんしち》が小太郎《こたろう》と清蔵《せいぞう》を引《ひ》っぱってきた。ふたりとも頭《あたま》から土《つち》をかぶっている。

文七《ぶんしち》が早口《はやくち》に言《い》う。

「横道《よこみち》へ入《はい》ってにげろ。村《むら》へはすぐに帰《かえ》ったらあかん。暗《くろ》うなってからもどれ」

その目《め》が、むかしとおなじようにキラキラと光《ひか》っている。

隆吉《りゅうきち》が問《と》いかえす。

「おまえは？」

「ほかの者《もの》をにがす」

言葉《ことば》だけを残して中立売門《なかたちうりもん》のほうへ走《はし》りだした。

隆吉《りゅうきち》は小太郎《こたろう》にきびしく言《い》った。

「みんなといっしょににげるんや。ええな」

ほこりだらけのまるい顔《かお》がこっくりとうなずく。

「行《い》け、早《はよ》う！」

みんなが走《はし》りだすと同時《どうじ》に、隆吉《りゅうきち》は文七《ぶんしち》のあとを追《お》った。鉄砲《てっぽう》のたまをさけて道《みち》のはしをとおる。

すぐに中立売門《なかたちうりもん》が見《み》えた。ここでは長州軍《ちょうしゅうぐん》が敵《てき》に押《お》し勝《か》っており、門《もん》の中《なか》へ入《はい》ろうとしていた。はげしい鉄砲《てっぽう》のうちあいがつづいている。若者組《わかものぐみ》のなかまは大砲《たいほう》のうしろにへばりついている。

文七《ぶんしち》が、なんのためらいもなく大砲《たいほう》めざして走《はし》った。

「やめろ文七《ぶんしち》、死《し》ぬぞ！」

ふりむきもしない。鉄砲《てっぽう》のたまがとびかう中《なか》を、まっすぐつっきって行《い》く。だが、大砲《たいほう》のすぐそばで、びくんとはね上《あ》がってたおれた。

長州軍《ちょうしゅうぐん》が前《まえ》へすすみはじめた。じりじりと敵《てき》を押《お》して門《もん》の中《なか》へ入《はい》っていく。大砲《たいほう》は門《もん》の外《そと》へおきざりにされている。鉄砲《てっぽう》の音《おと》が低《ひく》くなった。

——今《いま》や！

隆吉《りゅうきち》は大砲《たいほう》のそばへ走《はし》りこみ、若者組《わかものぐみ》のなかまにさけんだ。

「あのへいのかげへ！」

はじかれたように、なかまが走《はし》りだす。起《お》き上《あ》がろうともがいている文七《ぶんしち》を肩《かた》にかつぎ上《あ》げてそのあとを追《お》う。

へいのかげに連《つ》れこんで文七《ぶんしち》のきずを見《み》た。足《あし》のふくらはぎの肉《にく》がけずりとられている。腰《こし》のてぬぐいをぬいて、きつくしばりあげる。

文七《ぶんしち》が顔《かお》を上《あ》げて口《くち》をひらいた。

「ま、まだ、なかまが……、下立売門《しもたちうりもん》に」

「だいじょうぶや。源三《げんぞう》がついている」

血《ち》の気《け》のない口《くち》もとがほころんだ。

「そうか、よかった……」

「さあ、走《はし》るぞ」

「みんな、先《さき》に行《い》ってくれ。お、おれは、あとから、ゆっくり……」

「あほう、おいて行《い》けるか、おれがせおって行《い》く」

隆吉《りゅうきち》が背中《せなか》を向《む》けると、すなおにおぶさってきた。

「す、すまん」

「なあに軽《かる》いもんや、しっかりつかまってろ。行《い》くぞ」

ぱっと土《つち》をけって走《はし》りだした。

鉄砲《てっぽう》の音《おと》がしだいに遠《とお》くなっていった。

四

「くらいな」

文七《ぶんしち》がつぶやいた言葉《ことば》に、隆吉《りゅうきち》はうなずいた。

嵯峨《さが》に本当《ほんとう》の夜《よる》がもどっていた。野山《のやま》を赤《あか》あかとてらし出《だ》していた何千《なんぜん》ものかがり火《び》が、うそみたいに消《き》えている。

はんたいに京都《きょうと》の空《そら》が赤《あか》かった。町《まち》が燃《も》えているのだ。長州藩京《ちょうしゅうはんきょう》やしきにつけられた火《ひ》が燃《も》え広《ひろ》がっている。

負《ま》けた長州軍《ちょうしゅうぐん》は大坂《おおさか》のほうへにげて行《い》った。

すべてが終《お》わった。

隆吉《りゅうきち》は文七《ぶんしち》の体《からだ》を支《ささ》えながら歩《ある》いている。あのあと、京都《きょうと》の町《まち》はずれの百姓家《ひゃくしょうや》で、しょうちゅうとさらしをもらって、きずの手当《てあ》てをし、ゆっくり休《やす》んでからもどってきた。

そのあいだも、文七《ぶんしち》の口《くち》は重《おも》かった。だが、隆吉《りゅうきち》のいうことを子《こ》どもみたいに素直《すなお》にきいた。

心《こころ》をしばりつけていた鎖《くさり》がゆるんだように思《おも》える。

一気《いっき》にとはいわない。少《すこ》しずつでいいから、その鎖《くさり》をほどいてほしい。ほどくのは、まわりのなかまではない。文七自身《ぶんしちじしん》のはずだ。きっかけはつかめたのだから――。

川《かわ》の音《おと》がきこえてきた。村《むら》の中《なか》を流《なが》れる有栖川《ありすがわ》だ。みょうに、なつかしい。

「文七《ぶんしち》」

よびかけると、おちくぼんだ目《め》を上《あ》げた。

「生《い》きてもどれて、よかったな」

やせた白《しろ》い顔《かお》が、こっくりとうなずく。隆吉《りゅうきち》は、少《すこ》しほっとしながらつづけた。

「生《い》きていくのは、やっかいや。けど、それでもやっぱり、生《い》きてみようや」

橋《はし》をわたると、むこうにかがり火《び》が見《み》えた。ほかのはすべて消《き》えているのに、たったひとつだけ文七《ぶんしち》の家《いえ》の前《まえ》で燃《も》えている。

小太郎《こたろう》が手《て》をふりながら走《はし》ってきた。

「おおい」

「みんな、もどったか？」

「うん、隆吉《りゅうきち》さんたちが最後《さいご》や」

こたえながら隆吉《りゅうきち》のはんたいがわから文七《ぶんしち》に肩《かた》をかした。

かがり火《び》のそばに、もうひとつ人《ひと》かげが立《た》っている。

マキがくずれて火《ひ》の粉《こ》がまい上《あ》がり、ほのおが大《おお》きくゆれた。ゆれたほのおが、立《た》っている人《ひと》の顔《かお》を赤《あか》くてらし出《だ》した。

あや、あやだった。

隆吉《りゅうきち》は感《かん》じた。文七《ぶんしち》の胸《むね》の中《なか》に、今《いま》、小《ちい》さなかがり火《び》がともったのを――。

夏《なつ》だいだい

兄《あに》をさがして歩《ある》く弁吉《べんきち》の背中《せなか》を、またあせがながれた。

——どこへ行《い》けば、ええんじゃろう。

だだっ広《ぴろ》い焼《や》けあとに、黒《くろ》こげのはだかの木《き》が、ぽつんぽつんと立《た》っている。焼《や》けのこった家《いえ》は、かぞえるほどしかない。くずれおちた屋根《やね》がわらが波《なみ》のように広《ひろ》がっている。

初《はじ》めて見《み》る京都《きょうと》の町《まち》は炭《すみ》のかたまりだった。長州軍《ちょうしゅうぐん》と幕府軍《ばくふぐん》とのたたかいで、三日間《みっかかん》燃《も》えつづけたのだ。

それでも町《まち》の人《ひと》びとは動《うご》きはじめていた。われた屋根《やね》がわらをかたづけたり、こげた戸板《といた》で囲《かこ》いをつくったりしている。

弁吉《べんきち》のそばを髪《かみ》をふりみだした女《おんな》が、

「おしん、おしん！」

とさけびながら、とおりすぎていった。その顔《かお》は、すすで黒《くろ》くよごれていた。

弁吉《べんきち》は、あせった。

自分《じぶん》もあんなふうに、兄《あに》の名前《なまえ》を大声《おおごえ》でよびながら歩《ある》きたい。だが兄《あに》は、負《ま》けた長州軍《ちょうしゅうぐん》の力士隊《りきしたい》にいた。「たしかにいた」と、いつも村《むら》へ来《く》る古着屋《ふるぎや》の安《やす》さんに聞《き》いた。弁吉《べんきち》ひとりをのこして半年前《はんとしまえ》に村《むら》をすてた兄《あに》が、二両《にりょう》の金《かね》をことづけてきた。

弁吉《べんきち》は、その金《かね》を持《も》ってすぐに村《むら》をたった。どうしても兄《あに》に会《あ》いたかった。会《あ》って伝《つた》えねばならぬことがある。最後《さいご》までのこしておいた夏《なつ》だいだいをふたつ、えだからもぎとってふくろに入《い》れ、背中《せなか》にくくりつけて出《で》てきた。

防府《ほうふ》から船《ふね》にのせてもらい、瀬戸内海《せとないかい》をぬけて摂津西宮《せっつにしのみや》へ上陸《じょうりく》したとき、もうたたかいは終《お》わっていた。だが、京都《きょうと》からにげてきたという長州軍《ちょうしゅうぐん》の力士隊《りきしたい》の中《なか》に、兄《あに》のすがたはなかった。てあたりしだいに聞《き》きまくったが、手《て》がかりもつかめない。死《し》んだか、つかまったか、あるいは、にげおくれて道《みち》をふさがれ、京都《きょうと》から出《で》ることができずに、まだ町《まち》の中《なか》にひそんでいるのか……。

弁吉《べんきち》は西国街道《さいごくかいどう》を馬車馬《ばしゃうま》のようにのぼって京《きょう》の町《まち》へ入《はい》り、そのままずっと焼《や》けあとを歩《ある》きまわっていた。

きしむ荷車《にぐるま》の音《おと》に、道《みち》のはしにより、つまれている物《もの》を見《み》て息《いき》をのんだ。死体《したい》が運《はこ》ばれていく。

たたかいや火事《かじ》で死《し》んだ人《ひと》びとらしい。白《しろ》い線《せん》が二本入《にほんはい》った長州軍《ちょうしゅうぐん》の具足《ぐそく》が目《め》についた。はっとして顔《かお》をのぞきこんだが、兄《あに》ではない。まゆをよせ、苦《くる》しそうな表情《ひょうじょう》のまま息《いき》たえている。

思《おも》わず目《め》をそむけた。

――兄《にい》まも、あんな顔《かお》をして、どこかでたおれておるんじゃろうか。

弁吉《べんきち》の足《あし》どりが重《おも》くなった。

力士隊《りきしたい》さえたずねれば、すぐに会《あ》えると思《おも》っていた。村《むら》ずもうでいつも横綱《よこづな》だった兄《あに》だから、力士隊《りきしたい》にいると聞《き》いたときは、まちがいないと思《おも》った。会《あ》って、いっしょに村《むら》へ帰《かえ》るつもりだった。

兄《あに》は、橋《はし》のかけかえ工事《こうじ》のかんとくに村《むら》へ来《き》ていた役人《やくにん》を、足腰《あしこし》たたなくなるほど投《な》げとばしたのだ。

ひどい役人《やくにん》で、工事《こうじ》で働《はたら》く村人《むらびと》たちの手間賃《てまちん》をけずってよこどりし、休《やす》みもとらせずに、こんぼうで追《お》いたてた。村人《むらびと》たちは、じっとがまんして時機《じき》をまっていたのだが、兄《あに》は、しんぼうしきれなかったのだ。

そして、そのまま村《むら》をすてた。

だがその役人《やくにん》は、工事中《こうじちゅう》に足《あし》をすべらせたためのけがだと、藩《はん》へとどけ出《で》た。あくどいやり方《かた》がばれるのをおそれたためらしい。

かわりに、ごくふつうの役人《やくにん》がかんとくに来《き》た。兄《あに》は、もう村《むら》へもどってもかまわないのだ。

弁吉《べんきち》は腰《こし》のてぬぐいをぬいて、ひたいのあせをふいた。焼《や》けた京都《きょうと》の町《まち》を、夏《なつ》の強《つよ》い日《ひ》ざしがじりじりとこがしている。たき火《び》のあとのようなにおいが、のどにはりつく。

くずれた土《ど》べいのかげから、兄《あに》が、

「弁吉《べんきち》、はらがへったのう」

と、口《くち》ぐせの言葉《ことば》をつぶやきながら、牛《うし》のような体《からだ》をゆすって出《で》てきてくれないだろうか……。

キラッと何《なに》かが光《ひか》った。

砂《すな》ぼこりをあげて、よろい具足《ぐそく》をつけたさむらいの一団《いちだん》が走《はし》って行《い》く。手《て》にしたヤリがするどく光《ひか》る。橋《はし》をわたって、焼《や》けのこった川《かわ》むこうのほうへ行《い》く。

弁吉《べんきち》もあとを追《お》って走《はし》りだした。

なぜ気《き》づかなかったのだろう。焼《や》けあとよりも、焼《や》けのこった町《まち》のほうがかくれやすい。にげ道《みち》をふさがれた長州兵《ちょうしゅうへい》たちは、川《かわ》むこうにひそんでいるのかもしれない。

その川《かわ》は、萩《はぎ》のご城下《じょうか》をながれる阿武川《あぶがわ》より、はるかに大《おお》きい。広《ひろ》い河原《かわら》には、障子《しょうじ》や戸板《といた》でかこんだ小屋《こや》が建《た》ちならんでいる。焼《や》け出《だ》された人《ひと》たちが、とりあえず建《た》てたものらしい。こげたふとんや衣類《いるい》が広《ひろ》げてほしてある。

橋《はし》をわたると、人《ひと》でごったがえしていた。よびあう声《こえ》や子《こ》どものなき声《ごえ》、荷車《にぐるま》の音《おと》などが、ぶつかりあい、ひびきあっていた。

そこは、焼《や》けあととはちがい、生《い》きて動《うご》いている町《まち》だった。

「どけ、どけえ」

ヤリをきらめかせた一団《いちだん》は、四《し》、五人《ごにん》ずつに分《わ》かれて道《みち》の両《りょう》がわの家《いえ》へ手当《てあ》たりしだいにふみこんで行《い》った。

弁吉《べんきち》の肩《かた》に、とおりすぎる人《ひと》の荷物《にもつ》がぶつかる。兄《あに》ほどではないが弁吉《べんきち》の体《からだ》も大《おお》きい。まだ十五歳《じゅうごさい》なのに、おとなより頭《あたま》ひとつでかく、横《よこ》はばもある。少《すこ》しぐらい何《なに》かにぶつかっても、びくともしない。

ふと、人波《ひとなみ》がゆれてふたつにわれた。あいたところへ、ひとりの男《おとこ》がひったてられて出《で》てきた。

弁吉《べんきち》のむねがコクッとなった。

だが、兄《あに》より体《からだ》つきが小《ち》さい。やぶれたはかまをはき、右《みぎ》うでをさらしでまいている。みだれた髪《かみ》の毛《け》の下《した》の広《ひろ》いひたいには血《ち》がにじんでいる。具足《ぐそく》はつけてないが長州兵《ちょうしゅうへい》の生《い》きのこりらしい。

弁吉《べんきち》はヤリの一団《いちだん》の動《うご》きに合《あ》わせて動《うご》いた。寺《てら》のけいだいや宿屋《やどや》から、つぎつぎと長州兵《ちょうしゅうへい》

がひったてられていく。だが兄《あに》のすがたはない。

——つかまる前《まえ》にさがすんじゃ。

弁吉《べんきち》はヤリの一団《いちだん》からはなれて横《よこ》の路地《ろじ》へ入《はい》った。ものかげをさがしながら歩《ある》いたが、すぐ見《み》つかるようなところにかくれているはずがない。戸《と》のあいている家《いえ》をのぞきこんでみたが、中《なか》までは入《はい》って行《い》けない。

——えいっ、しょうがなあ。

はらをきめて、どなりだした。

「重吉兄《じゅうきちにい》ま、弁吉《べんきち》が来《き》たぞな」

すれちがう人《ひと》がふしぎそうに弁吉《べんきち》を見《み》る。長州弁《ちょうしゅうべん》が気《き》になったが、かまわずどなる。

「重吉兄《じゅうきちにい》ま、出《で》てきてつかあさい」

そうやって歩《ある》きまわった。路地《ろじ》や寺《てら》のけいだいや家《いえ》のあいだを、声《こえ》をはりあげて歩《ある》きまわった。

だが、こたえは、かえってこない。

いつのまにか、町《まち》の色《いろ》が変《か》わりはじめていた。夕日《ゆうひ》が赤《あか》い色《いろ》をなげかけている。

そのうち、またあの大《おお》きくてにぎやかな通《とお》りに出《で》た。ヤリの一団《いちだん》は、もう消《き》えていた。

すれちがったおばあさんがだいじにかかえた土《ど》なべから、ゆげが上《あ》がっている。焼《や》け出《だ》された人《ひと》たちに、どこかで、おかゆをほどこしているらしい。

弁吉《べんきち》のはらがグウッとなった。

背中《せなか》のつつみの中《なか》には、きょうの昼《ひる》、京都《きょうと》へ入《はい》る前《まえ》に山崎《やまざき》のめし屋《や》でにぎってもらった焼《や》きおにぎりが、六《むっ》つある。兄《あに》といっしょに食《た》べようと思《おも》って持《も》ってきた。

弁吉《べんきち》は、つつみから、ひとつだけとり出《だ》した。

いっしょに背《せ》おっている夏《なつ》だいだいが、くさりはじめている。あまずっぱいにおいがぷうんと鼻《はな》をつく。だが、すてるわけにはいかない。兄《あに》にどうしても見《み》せてやりたい。

ふたりでそだてた木《き》に実《み》がなったのだ。

「そんな木《き》に、こえをやってどうするんじゃ」

と笑《わら》われながら、よぶんなえだをはらい、葉《は》についた虫《むし》をとって育《そだ》ててきた。冬《ふゆ》には、つめたい風《かぜ》にあたらないように、こもをかけてまもってやった。そしてやっとあまい実《み》ができた。形《かたち》もよく、黄色《きいろ》のはだがつやつやと光《ひか》っている。

歩《ある》きながらおにぎりにかぶりついた。みその味《あじ》がしみこんでいてうまい。少《すこ》し元気《げんき》が出《で》てきた。

——こんだ、河原《かわら》をさがしてみちゃろ。

戸板《といた》でかこんだ小屋《こや》のどこかに、ひそんでいるかもしれない。

河原《かわら》へつづく小《ちい》さな坂道《さかみち》をくだり、小石《こいし》がまじった土《つち》の上《うえ》を歩《ある》きはじめた。あちこちで、ばんめしのしたくをするけむりが上《あ》がっている。火《ひ》のそばにすわりこんで土《ど》なべをかきまわしているおばさんのまわりを、子《こ》どもたちが走《はし》りまわっている。

——焼《や》け出《だ》されても、やっぱりおなじように、めしのしたくをしちょるんじゃのう。

この人《ひと》たちのくらしは、とぎれていない。火事《かじ》にあっても、めげずにつづいている。弁吉《べんきち》は、おばさんたちの背中《せなか》に、どっしりした強《つよ》さを見《み》た。

ふと、ふるさとの田《た》が気《き》になった。三番草《さんばんぐさ》をとるころだ。となりの平助《へいすけ》さんがやってくれているだろうが、早《はや》く兄《あに》を見《み》つけて帰《かえ》りたい。

弁吉《べんきち》は、また声《こえ》をはりあげながら河原《かわら》を歩《ある》きはじめた。

「重吉兄《じゅうきちにい》ま、帰《かえ》ろーい」

すると、ひとりのおばさんによびとめられた。

「ちょっと、待《ま》ちよし」

ころころとした、いかにも働《はたら》き者《もの》という感《かん》じのする人《ひと》だ。手《て》まねきをするので、そばへ行《い》った。

「あんた、長州人《ちょうしゅうじん》やろ」

弁吉《べんきち》がだまっていると、かまわずつづけた。

「うち、宿屋《やどや》の女中《じょちゅう》をしとったから、話《はな》し方《かた》で分《わ》かるんや」

ほそい目《め》でニッと笑《わら》ったが、すぐ、しんぱいそうにまゆをよせて声《こえ》をひそめた。

「大《おお》けな声《こえ》を出《だ》して、このへんを歩《ある》かんほうがええ。新選組《しんせんぐみ》や見廻組《みまわりぐみ》っちゅう、こわいおさむらいたちが、『長州人《ちょうしゅうじん》がいたら、だれでもひっつかまえろ』言《い》うて、うろうろしとるえ」

弁吉《べんきち》は、そのおばさんに深《ふか》く頭《あたま》を下《さ》げてわかれた。

夕日《ゆうひ》が山《やま》かげにかくれようとしている。まっかな夕《ゆう》やけの中《なか》に、焼《や》けこげた京都《きょうと》の町《まち》が黒《くろ》くうかんでいる。番所《ばんしょ》のちょうちんの灯《あか》りがぽつんぽつんと見《み》える。

弁吉《べんきち》は河原《かわら》の石《いし》の上《うえ》にどさっとすわりこんだ。

「兄《にい》まの、あほ」

村《むら》へ帰《かえ》って、また田《た》んぼをたがやし米《こめ》をつくることができるというのに。夏《なつ》だいだいが売《う》れれば、くらしが少《すこ》しは楽《らく》になるというのに――。

兄《あに》は、十三《じゅうさん》の年《とし》から五年《ごねん》のあいだ、病《やまい》でねたっきりのおかあと、育《そだ》ちざかりの弁吉《べんきち》のために、朝《あさ》からばんまで働《はたら》きづめに働《はたら》いてきた。

そんな兄《あに》が、クワのえにもたれてぼうっと空《そら》をながめていることが多《おお》くなったのは、おかあが死《し》んでからだ。空《そら》を気《き》ままに旅《たび》する雲《くも》をいつまでも目《め》でおっかけているすがたを、よく見《み》かけた。

「自分《じぶん》の思《おも》いどおりに生《い》きてみたいのう……」

と、ためいきまじりにつぶやいていたこともある。もっと広《ひろ》い世界《せかい》で、自分《じぶん》の力《ちから》をためしてみたかったにちがいない。

兄《あに》は、あのせまい村《むら》からとび出《だ》すきっかけがほしかったのかもしれない。そのために役人《やくにん》をなげとばしたのかもしれない。

とび出《だ》してみて、どうだったのだろう。村《むら》をすてて力士隊《りきしたい》に入《はい》ることで、自分《じぶん》の思《おも》いどおりの生《い》き方《かた》ができたのだろうか……。

弁吉《べんきち》は、背中《せなか》のにもつをおろして夏《なつ》だいだいをとり出《だ》した。「夏《なつ》だいだいをつくろう」と言《い》いだしたのは兄《あに》だ。

「こんなすっぱいもん、どうしょうもないぞ」と、だれもふりむかなかったのに、「やってみにゃ、分《わ》からん」と、夏《なつ》だいだいの木《き》を何本《なんぼん》か、日《ひ》あたりがよく風通《かぜとお》しもいい場所《ばしょ》へ植《う》えかえた。

手《て》をかけてやると、いつもより大《おお》きな実《み》がなった。その実《み》があまくならないうちに、兄《あに》は村《むら》を出《で》た。そして、兄《あに》の言《い》ったとおり、あまい夏《なつ》だいだいができたのだ。

とり出《だ》した夏《なつ》だいだいを、弁吉《べんきち》はそっと河原《かわら》の石《いし》の上《うえ》にならべた。黄色《きいろ》のはだが夕日《ゆうひ》にそまって赤《あか》くかがやいている。

「それは、なんや」

ふいに、うしろから声《こえ》がした。はっとふりむくと、男《おとこ》がひとり立《た》っている。

「ちょっと見《み》せておくれ」

すわりこんで夏《なつ》だいだいを手《て》にとった。髪《かみ》をきちんと小《こ》いちょうに結《ゆ》いあげた、商人《しょうにん》ふうの男《おとこ》だ。おちついたうす茶色《ちゃいろ》の小袖《こそで》を着《き》ている。

「やっぱり、みかんかいな」

弁吉《べんきち》は、長州人《ちょうしゅうじん》だということがばれるのがこわくて、だまっていた。

「みかんにしては大《おお》きすぎるし、夏《なつ》にみかんがあるっちゅうのも、おかしなことやと思《おも》うとったんじゃが……」

男《おとこ》は、だまっている弁吉《べんきち》を見《み》て、ふっと顔《かお》をゆるめた。

「いや、すまん、すまん。おどろかせてわるかった。わしは大坂《おおさか》の商人《しょうにん》でな、みかんの売《う》りさばきを手広《てびろ》くやっておる者《もの》じゃ。こんどのいくさで焼《や》け出《だ》された京都《きょうと》のしんせきをさがして歩《ある》いてるうちに、このみかんが目《め》についたもんやから、つい……」

わるい男《おとこ》ではなさそうだ。夏《なつ》だいだいを見《み》ているときの目《め》は、きびしかったが、弁吉《べんきち》に話《はな》しかける目《め》は、やさしかった。

弁吉《べんきち》は思《おも》いきって口《くち》をひらいた。

「わしらは、夏《なつ》だいだいと言《い》うちょります」

「夏《なつ》だいだいか……。どこでとれるんや」

「長《ちょう》——」

言《い》いかけて、はっと口《くち》をとじる。

「長州《ちょうしゅう》か——。しんぱいせんでええ。見廻組《みまわりぐみ》に知《し》らせたりせえへん。わしは、このみかんのことを、もっと知《し》りたいだけや。食《く》うてみてもええかな」

男《おとこ》の言葉《ことば》には、うそが感《かん》じられなかった。弁吉《べんきち》は、ほっとして答《こた》えた。

「いんにゃ、もう食《く》えませんがのう」

「ほうか……」

「へえ、夏《なつ》のはじめに食《く》うと、うまいんじゃ」

「ほう、もう少《すこ》しくわしゅう話《はな》しておくれ」

「夏《なつ》のおわりに青《あお》い実《み》をつけて、秋《あき》には黄色《きいろ》になるんじゃが、そのころ食《く》うと、口《くち》がゆがむほどすっぱいんじゃ。ところが、つぎの年《とし》の夏《なつ》のはじめまで待《ま》ってから食《く》うと、そのすっぱさが少《すく》のうなっちょる。水気《みずけ》も多《おお》いし、冬《ふゆ》のみかんに負《ま》けんほどあまいんじゃ」

男《おとこ》は、うなった。

「ううむ、夏《なつ》のみかんか……。こりゃ、いけるぞ。でっ、長州《ちょうしゅう》では、もうさかんにつくっとるのか」

「いんにゃ。みんなは、冬《ふゆ》のうちにえだからもいで、しぼって酢《す》にしちょる。ちゃんと育《そだ》てて夏《なつ》のあまいときにとり入《い》れようと言《い》いだしたんは、わしの兄《にい》まじゃ」

「にいま?」

「兄《あに》のことです」

そのとき、地面《じめん》をける音《おと》がして、

「長州兵《ちょうしゅうへい》がつかまったぞ!」

とさわぐ声《こえ》がきこえた。

はっと立《た》ち上《あ》がってふりむくと、むこうから、ひとりの男《おとこ》がひったてられて来《く》る。河原《かわら》にいたおかみさんや子《こ》どもたちが、ばらばらと走《はし》っていく。

ひったてられている男《おとこ》は、まわりのさむらいよりとびぬけて大《おお》きく、首《くび》が胴体《どうたい》にめりこんでいるような体《からだ》つきをしている。

弁吉《べんきち》は息《いき》をのんだ。

「兄《にい》ま――」

まちがいない。遠《とお》くて顔《かお》がまだはっきり見《み》えないが、あの体《からだ》つきは、兄《あに》だ――。

弁吉《べんきち》は走《はし》りだそうとした。が、うでをぐいとつかまえられた。みかんの商人《しょうにん》だ。

「放《はな》してくれ。わしの兄《にい》まじゃ」

「行《い》って、どないする気《き》や」

「どうするもこうするも、わしの兄《にい》まがつかまっとるんじゃ」

「おちつけ。今《いま》とび出《だ》したら、おまえもつかまるぞ」

「かまわん」

「あほ！」

パシッと弁吉《べんきち》のほおがなった。

「そんなことをして、おまえの兄《にい》さんがよろこぶと思《おも》うのか！」

弁吉《べんきち》は、なぐられたほおをおさえて立《た》ちすくんだ。商人《しょうにん》が、はげしい目《め》でにらみつける。

「とびだしていって、おまえに何《なに》ができるというんや。兄《にい》さんといっしょに引《ひ》ったてられるだけやないか。へたをすると、あのヤリでくしざしや。兄《にい》さんが、どんなに悲《かな》しむか考《かんが》えてみい！　それでもええんやったら――、行《い》け」

弁吉《べんきち》は、動《うご》けなくなった。

さむらいの一団《いちだん》が、しだいに近《ちか》づいてくる。見物人《けんぶつにん》も動《うご》いてくる。顔《かお》がはっきり見《み》えはじめた。やはり兄《あに》だった。

半年前《はんとしまえ》にくらべて、ほおの肉《にく》がげっそりと落《お》ちている。牛《うし》のような体《からだ》をねこみたいにちぢめて、下《した》を向《む》いたまま歩《ある》いてくる。いつもの、のっしのっしと肩《かた》をゆする歩《ある》き方《かた》とは、まるでちがう。

弁吉《べんきち》は、あせった。

声《こえ》をかけたい。だがとび出《だ》せない。

もう、すぐそこまで来《き》た。兄《あに》は弁吉《べんきち》に気《き》づかない。うつむいたままだ。

見物人《けんぶつにん》におされながら、弁吉《べんきち》は心《こころ》の中《なか》でさけんだ。

——兄《にい》ま、顔《かお》を上《あ》げてくれ。弁吉《べんきち》が、ここにおるんじゃ！

だが兄《あに》は、うつむいてくちびるをかみしめたまま弁吉《べんきち》の前《まえ》をとおりすぎていく。目《め》に光《ひかり》がない。死《し》んだ人《ひと》のようにくらい。

——兄《にい》ま。なんでそんな顔《かお》をしとるんじゃ。いつものように、むねをはり、肩《かた》をゆすって歩《ある》いてくれ。村《むら》をとび出《だ》して自分《じぶん》でえらんだ道《みち》じゃろうが。ちがうんか！

さけびそうになる自分《じぶん》をひっしでおさえた。

そのまま、さむらいの一団《いちだん》は弁吉《べんきち》の前《まえ》をとおりすぎた。

兄《あに》の広《ひろ》い背中《せなか》が力《ちから》なく左右《さゆう》にゆれながら遠《とお》ざかっていく。見物人《けんぶつにん》の波《なみ》も、弁吉《べんきち》のまわりから消《き》えて、むこうへ去《さ》って行《い》った。

弁吉《べんきち》は、ひざからどっと地面《じめん》におちた。りょう手《て》をついて顔《かお》を上《あ》げると目《め》の前《まえ》に、ふたつの夏《なつ》だいだいが夕日《ゆうひ》をうけて赤《あか》くかがやいていた。

——そうじゃ！

夏《なつ》だいだいをわしづかみにして立《た》ち上《あ》がった。ぱっと土《つち》をけって走《はし》りだす。

「何《なに》をする気《き》や！」

商人《しょうにん》の声《こえ》をふりきって走《はし》り、一団《いちだん》に追《お》いつくと、見物人《けんぶつにん》をかきわけて前《まえ》へ出《で》た。そして、ポーンと夏《なつ》だいだいをなげた。兄《あに》の足《あし》もとへひとつだけ投《な》げた。

兄《あに》の足《あし》がとまり、顔《かお》がこちらへむいた。弁吉《べんきち》は、もうひとつの夏《なつ》だいだいを自分《じぶん》のむねの前《まえ》にかざした。

兄《あに》が弁吉《べんきち》を見《み》た。そのしゅんかん、死《し》んでいたような目《め》に光《ひかり》がもどった。大《おお》きく見《み》ひらかれた目《め》がしっかりと弁吉《べんきち》をとらえた。弁吉《べんきち》も、その光《ひかり》をとらえかえした。言葉《ことば》は出《で》なかった。声《こえ》も出《で》なかった。ただ、ありったけの思《おも》いをこめて、なつかしい顔《かお》を見《み》つめた。

兄《あに》が小《ちい》さくうなずいた。弁吉《べんきち》もだまってうなずきかえした。

さむらいが兄《あに》の背中《せなか》をこづいた。

「歩《ある》け」

兄《あに》は、顔《かお》をもとにもどすと、足《あし》もとの夏《なつ》だいだいをもう一度《いちど》見《み》た。そして、うん、うんとうなずいて歩《ある》きだした。もう、負《ま》け犬《いぬ》のように下《した》を向《む》いてはいなかった。顔《かお》をまっすぐ上《あ》げて、いつものように、のっしのっしと、からだを左右《さゆう》にゆすりながら歩《ある》きだした。

弁吉《べんきち》は、さむらいがけとばした夏《なつ》だいだいをいそいでひろい、あとを追《お》った。追《お》いながら心《こころ》の中《なか》でさけんだ。

——兄《にい》ま、おしえてくれ！　わしは、これからひとりで、どうやって生《い》きていったらええんじゃ。

だが、広《ひろ》い背中《せなか》は何《なに》もこたえてくれない。大《おお》きく左右《さゆう》にゆれながら遠《とお》ざかっていく。

やがて、兄《あに》をつつみこんだ一団《いちだん》は、河原《かわら》をはなれ、橋《はし》をわたって夕《ゆう》やみの中《なか》へ消《き》えていった。

——兄《にい》ま!

弁吉《べんきち》は、ささえをなくした人形《にんぎょう》のように、土《つち》の上《うえ》へくずれおちた。にぎりしめていた手《て》の中《なか》から、ふたつの夏《なつ》だいだいがこぼれた。あわててひろい上《あ》げ、むねにだきよせる。

——のこったのは、おまえだけか……。

はっと弁吉《べんきち》は顔《かお》を上《あ》げた。目《め》をいっぱいにひらいて夏《なつ》だいだいを見《み》つめた。

今《いま》、はっきり分《わ》かった。

兄《あに》が夏《なつ》だいだいをつくりはじめたのは、弁吉《べんきち》のためだったのだ。弁吉《べんきち》がひとりになっても生《い》きていけるように、夏《なつ》だいだいをのこしてくれたのだ。

「兄《にい》ま!」

しぼり出《だ》すような弁吉《べんきち》の声《こえ》が夕《ゆう》やみの河原《かわら》に高《たか》くひびいた。

マタギ

また、きょうも来《き》た。めずらしくひとりだ。いつもいっしょに来《く》る年《とし》よりのすがたは見《み》えない。

わかいほうだけが屋台《やたい》の前《まえ》にぬっとあらわれ、だまって片手《かたて》を広《ひろ》げた。

——五本《ごほん》買《か》ってくれるんや。

「まいど」

まずゆきが声《こえ》をかけ、妹《いもうと》のちよがあとをつづける。

「おおきに」

一本二本《いっぽんにほん》と大《おお》きな声《こえ》でかぞえながら、くしにさしただんごを五本《ごほん》、炭火《すみび》にのせ、灰《はい》がとばないように気《き》をつけてうちわであおぐ。

——年《とし》よりのほうは、どないしたんやろ?

顔《かお》を上《あ》げると、何《なに》も聞《き》かないのに、こたえてくれた。

「源蔵《げんぞう》さんも、すぐ来《く》るだ」

ゆきは、だまって下《した》を向《む》き、だんごをひっくりかえした。すぐ来《く》るときいて、なぜかほっと安心《あんしん》した。そして、くすっと笑《わら》った。

——うち、ちょっとおかしいんとちがうやろか。きらいな客《きゃく》のことを気《き》にするなんて……。

だんご

このふたりを初《はじ》めて見《み》たのは十日《とおか》ほど前《まえ》だ。屋台《やたい》の前《まえ》にのそっと立《た》ち、へんな言葉《ことば》で、だんごをくれという。腰《こし》に刀《かたな》をさし、肩《かた》に鉄砲《てっぽう》をかついでいるのに、ちっともさむらいらしくない。

年《とし》よりのほうは、ひげづらで、ほおに三本《さんぼん》の長《なが》いきずあとが走《はし》っている。しゃべると、そのきずがむくむく動《うご》き、口《くち》がゆがんですごい顔《かお》になる。

こわがるちよに、

「なあんもおっかなぐねえ。熊狩《くまが》りさ行《い》ったとき、一丈《いちじょう》（約三《やくさん》メートル）ほどの大熊《おおぐま》に、こちょっとひっかかれただけだ」

と、熊《くま》みたいな声《こえ》で言《い》った。

——マタギや！

ゆきは、とっさに妹《いもうと》のちよをだきしめた。

マタギが、秋田藩《あきたはん》のとのさまのおともをして、御所《ごしょ》をまもるために京都《きょうと》へ来《き》ていると話《はなし》に聞《き》いた。マタギは、山《やま》のけものをとる猟師《りょうし》で、熊《くま》やいのししの肉《にく》を食《く》うだけでなく、血《ち》まですう鬼《おに》のようなやつらだという。

そのとき、初《はじ》めて本物《ほんもの》を見《み》た。マタギたちは、牛《うし》のようながっしりした体《からだ》つきをしており、ふたえまぶたの大《おお》きな目《め》でじっとこちらを見《み》ている。何《なに》をされるか分《わ》からない。ゆきは、ちよをしっかりだきしめ、ひっしでふたりをにらみつけていた。

その日《ひ》は、そのまま帰《かえ》ったが、二《に》、三日《さんにち》してまたやって来《き》た。こんどは、ものも言《い》わずに台《だい》の上《うえ》に二十文《にじゅうもん》おいた。しかたないので、そのお金《かね》のぶんだけだんごを焼《や》いて、こわごわさし出《だ》した。

それからは毎日《まいにち》のようにやって来《き》た。屋台《やたい》の前《まえ》でだんごを食《く》いながら、ゆきのほうばかり見《み》ている。

——きしょくわるいなあ。

と思《おも》っていたら、こんな声《こえ》が聞《き》こえてきた。

「ほんとに、よく似《に》てる」

「そっくりだべ」

「年《とし》かっこうも、おんなじだ」

「あの子《こ》が生《い》きてれば、十三《じゅうさん》だものな……」

ゆきが、だれかに似《に》ているらしい。

——あの子ってだれやろ。年《とし》よりのほうの子《こ》どもやろか？

そういえばゆきも、年《とし》よりのマタギとおなじように、ふたえまぶたのはっきりした目《め》をしている。

母《はは》が、よく言《い》う。

「おまえは、ほんまに目千両《めせんりょう》やな」

目千両《めせんりょう》というのは、千両《せんりょう》ものねうちがあるほどきれいな目《め》のこと。

——生きていれば、いいって言《い》うたはるし、死《し》んでしもうたんやろか？

じっと見《み》つめるふたりの大《おお》きな目《め》がまぶしくて、ゆきは、だまってうつむいた。のびた背《せ》たけのぶんだけ短《みじか》くなった着物《きもの》のすそが気《き》になる。

そんなに悪《わる》い人《ひと》たちとは思《おも》えない。

ほとんど毎日《まいにち》買《か》いに来《き》てくれるし、ほかの客《きゃく》のように、「タレがすくない」とか、「一本《いっぽん》まけろ」とか、けちなことも言《い》わない。きもちよくお金《かね》をはらってくれる。ふたりとも、まばたきしたら音《おと》がしそうな長《なが》いまつげと、すんだ青空《あおぞら》のような目《め》をもっている。おとなたちがうわさしている、「鬼《おに》みたいな人間《にんげん》」とはちがう。

でも、やはりきらいな客《きゃく》だ。かついでいる鉄砲《てっぽう》が気《き》に入《い》らない。

ゆきの父《ちち》は鉄砲《てっぽう》で殺《ころ》された。

何《なに》も悪《わる》いことをしたわけではない。ただ、にげるのが少《すこ》しおくれただけなのに——。

この夏《なつ》、長州軍《ちょうしゅうぐん》が京都《きょうと》へせめて来《き》て、御所《ごしょ》をまもる幕府軍《ばくふぐん》とのあいだに、はげしいたたかいがあった。長州藩京《ちょうしゅうはんきょう》やしきに放《はな》たれた火《ひ》は、三日間《みっかかん》燃《も》えつづけ、京都《きょうと》をほとんど灰《はい》にしてしまった。

ゆきの父《ちち》は、納屋《なや》へ残《のこ》りの小豆《あずき》をとりにもどったばっかりに、鉄砲《てっぽう》のながれだまにあたって死《し》んだ。菓子職人《かししょくにん》の父《ちち》にとって、あんこをつくる小豆《あずき》は、何《なに》よりも大切《たいせつ》なものだったのだ……。

まだ、年《とし》よりのマタギは来《こ》ないが、五本《ごほん》のだんごが焼《や》きあがった。

「おおきに」

タレをたっぷりつけ、竹《たけ》の皮《かわ》につつんでちよが手《て》わたす。うけとったわかいマタギは、お金《かね》といっしょに、

「これ、やるだ」

と、小《ちい》さな入《い》れものを台《だい》の上《うえ》においた。ほそ長《なが》いイネワラがついている。

「しゃぼんや！」

ぱっと目《め》をかがやかせたちよは、手《て》を出《だ》しかけたがあわててひっこめ、ゆきのほうを見《み》た。心配《しんぱい》そうな顔《かお》で、じっと見上《みあ》げる。

ゆきが首《くび》を横《よこ》にふれば、もらわずにがまんするつもりらしい。

焼《や》けた家《いえ》を早《はや》く建《た》て直《なお》して、もとどおりお菓子屋《かしや》をはじめるために、毎日《まいにち》まんじゅうを売《う》り歩《ある》いている母《はは》が、いつも言《い》っている。

「人間《にんげん》ちゅうもんは、体《からだ》を苦《くる》しめて働《はたら》いてこそ、まともにおてんとうさまがおがめるんや。楽《らく》してかせごうなんて思《おも》うたらあかん。わけもないのに、人《ひと》さまのほどこしなんぞ受《う》けるもんやないで」

もらうわけにはいかない。ゆきは、だまって首《くび》を横《よこ》にふった。

息《いき》をのんでうつむいたちよが、お金《かね》だけをひったくるようにとって箱《はこ》の中《なか》に入《い》れた。その小《ちい》さな目《め》に、なみだがもりあがり、今《いま》にもこぼれそうだ。

ゆきは、自分《じぶん》が、こわい鬼《おに》ばばみたいな顔《かお》をしているように思《おも》えた。

わかいマタギがほほえんだ。

「おら、しゃぼん玉《だま》というもんを、京都《きょうと》さ来《き》て初《はじ》めて見《み》ただ。たいしてきれいなもんだで、ついふらっと買《か》ってしまったども、おらがふいても、どうもうまく飛《と》ばねえ。さっとやってみせてけれ」

しゃぼん玉《だま》は息《いき》をためてゆっくりふかないと飛《と》ばない。初《はじ》めのうちは失敗《しっぱい》して飲《の》みこんだりする。

「やったげる!」

い、ちよが、短《みじか》くさけんで屋台《やたい》からとび出《だ》していった。とめる間《ま》もなかった。お祭《まつ》りのたびに、しゃぼん玉《だま》を買《か》ってもらっていたちよだ。がまんしきれなかったのだろう。

〽大玉《おおだま》 小玉《こだま》 しゃぼん玉《だま》
五色《いついろ》 七色《なないろ》 水《みず》の玉《たま》

大《おお》はしゃぎでうたいながらふくちよのしゃぼん玉《だま》が、秋《あき》の光《ひかり》の中《なか》を飛《と》んで行《い》く。まるでにじの中《なか》をくぐってきたように七色《なないろ》にかがやき、パチンとはじけて消《き》える。

わかいマタギがつぶやいた。

「なして消《き》えてしまうだ。鉄砲《てっぽう》のたまでもあたったみてえに、すぐわれてしまうだ。われねえで、いつまでも飛《と》んでてくれればいいだに」

ゆきは、くすっと笑《わら》った。

――消《き》えへんかったら、空《そら》がしゃぼん玉《だま》だらけになるわ。

ひさしぶりにやってみたくなった。

なかなか買《か》ってもらえなかったころ、どうしてもほしくて自分《じぶん》でつくったことがある。むくろじの実《み》の皮《かわ》をつぶして松《まつ》やにをくわえ、水《みず》を入《い》れてかきまぜると、似《に》たようなものができる。でも、売《う》りに来《く》るようなきれいなしゃぼん玉《だま》にはならなかった。

「秋田《あきた》の山《やま》ざるめ」

とつぜん、ばかにしたような声《こえ》がした。

ふりむくと、さむらいがふたり、口《くち》もとにうす笑《わら》いをうかべて立《た》っている。

「だんごを食《く》いながら、しゃぼん玉遊《だまあそ》びか――」

「こんなときに、気楽《きらく》なものよ」

わかいマタギがさっと顔《かお》をそむけた。するとさむらいたちは調子《ちょうし》にのってどなった。

「だんごくわえた山《やま》ざるが、京《きょう》の都《みやこ》の真《ま》ん中《なか》で、赤《あか》いしりふって遊《あそ》んでござる」

「おい、くやしかったら、その鉄砲《てっぽう》にものを言《い》わせてみたらどうだ」

「けものしかうったことがないへなちょこのウデと、われわれ武士《ぶし》の剣《けん》とどちらが勝《か》つかやってみるか」

マタギは横《よこ》を向《む》いたままうつむいている。

「ふん、腰《こし》ぬけめ」

ふたりのさむらいは、肩《かた》をそびやかして歩《ある》きはじめた。

「マタギに、御所《ごしょ》の警備《けいび》ができてたまるか」

「わが藩《はん》をさしおいて、わざわざ秋田藩《あきたはん》などよぶのが、そもそものまちがいじゃ」

屋台《やたい》の前《まえ》をとおりすぎ、まっすぐ歩《ある》いていく。

マタギの手《て》が、すっと動《うご》き、屋台《やたい》に立《た》てかけてあった鉄砲《てっぽう》をにぎった。が、さむらいたちは気《き》づかない。声高《こわだか》にしゃべりながら、ゆっくり歩《ある》いていく。

その背中《せなか》へ鉄砲《てっぽう》のつつ先《さき》が向《む》けられた。ねらいをさだめたマタギの指《ゆび》が、引《ひ》き金《がね》にかかる。

思《おも》わずゆきは耳《みみ》をおおってしゃがみこんだ。

つぎのしゅんかん、
カチッ
と、かわいた音《おと》がした。

それっきりだった。いつまでたっても、ドーンという鉄砲《てっぽう》の音《おと》はきこえてこない。

おそるおそる目《め》をあけると、マタギは、すでに鉄砲《てっぽう》をおろしていた。

ふたりのさむらいも、そのまま角《かど》をまがって消《き》えた。

ふりむいたマタギのひたいに、あせがにじんでいた。しゃぼんをにぎったまま立《た》ちすくんでいるちよの頭《あたま》に、そっと手《て》をおいてやさしく言《い》った。

「おっかながらせて、悪《わる》がったな」

それから、ゆきのほうを見《み》てニッと笑《わら》った。

「これは、火《ひ》をつけねえと飛《と》ばねえ火縄銃《ひなわじゅう》だ。マタギは、みんなこれを使《つか》ってるだ」

とたんにゆきは全身《ぜんしん》の力《ちから》がぬけた。

「なあんや」

耳《みみ》をふさいでしゃがみこんだ自分《じぶん》が、おかしくて、はずかしくて、まえかけで顔《かお》をおおった。

「はっはっは、どでんしたべ」

「どでん――？」

「びっくりしたってことだ」

ゆきも笑《わら》った。なんだか、やたらとおかしくて、まえかけから目《め》だけのぞかせて笑《わら》った。ちよまでが、いっしょになって笑《わら》った。

笑《わら》いやんでから、マタギが胸《むね》をはって言《い》った。

「おらたち、けものは殺《ころ》しても人《ひと》はうたねえ」

「ふうん」

と感心《かんしん》したあと、ゆきは、くすっと笑《わら》った。

「そんなら、鉄砲《てっぽう》なんか持《も》って歩《ある》かんでもええんとちがうの。京《きょう》の町中《まちなか》には熊《くま》もいのししもいいひんし」

思《おも》ったことがすらっと言《い》えた。

「んだ。だども御所《ごしょ》をまもりに来《き》ただだから、いちおう、かっこうだけでも持《も》ってねば」

「いくさになったら、どないするの」

「ぺろっとにげるだ」

すずしい顔《かお》でこたえた。

「マタギはみんな、鉄砲《てっぽう》かついでにげることに決《き》めてるだ。殺《ころ》しあいは、さむらい同士《どうし》でやったらええ。おらたちは、おとのさまの命令《めいれい》で、しかたなく来《き》てるだけだ。まず、いくさはごめんだ。人殺《ひとごろ》しは、したくねえ」

聞《き》いてはいけないようなことを平気《へいき》で言《い》う。

「おらたちは三月《みつき》いるだけで、すぐ秋田《あきた》さもどるだ。まず、そのあいだに、一生《いっしょう》に一度《いちど》の京都《きょうと》見物《けんぶつ》をしてるってわけだ。半分《はんぶん》ほど焼《や》けてしまって、なあんもねえどもな。はっはっは」

思《おも》っていることをかくすことができないのだろう。

「だども京都《きょうと》は、さむらいばかりがやたらとふえ、ようい でねえ」

本当《ほんとう》にそうだ。さむらいが多《おお》すぎて、河原《かわら》の石《いし》ころほどごろごろしている。

——前《まえ》は、うちら町人《ちょうにん》の町《まち》やったのに……。

「やっぱり秋田《あきた》がええ。秋田《あきた》の山《やま》の中《なか》さ、けものを追《お》って歩《ある》きまわっているのが一番《いちばん》だ」

つられて、ゆきの口《くち》もかるくなった。

「ねえ、熊《くま》ってこわい？」

「ああ、おっかねえだ。熊《くま》にぶったたかれたら、二間《にけん》（約三《やくさん》・六《ろく》メートル）もふっとぶだ。手《て》でも頭《あたま》でも、動《うご》いているところをガリモリかじるだ。けつ、けつまでかじるだよ」

「けつ……って？」

「しりのことだ。半《はん》けつの三五郎《さんごろう》さなんか、かじられてしまって右半分《みぎはんぶん》がねえだよ」

かたいっぽうしかないおしりを頭《あたま》の中《なか》に思《おも》いうかべて、ゆきは、くすっと笑《わら》った。はずかしくなって、あわてて話《はなし》を変《か》える。

「もうひとりの人《ひと》、おそいわねえ。だんごがさめるえ」

「んだな。すぐ来《く》るって言《い》ってたども……」

来《き》た道《みち》をふりかえったマタギの横《よこ》を、ばらばらと人《ひと》がかけぬけた。

「けんかや！」

「切《き》りあいや！」

角《かど》をまがったあたりでやっているのか、ざわめきがつたわってくる。

そのどなり声《ごえ》の中《なか》に、

「マタギ……」

という言葉《ことば》がまじっていた。

とっさに、わかいマタギが鉄砲《てっぽう》をつかんでかけだした。

「あっ、だんごを――」

「あとで！」

ふり向《む》きもせずに走《はし》って行《い》き、たちまち角《かど》をまがって見《み》えなくなった。

そのまま少《すこ》し待《ま》ったが、もどってこない。いつのまにか、ざわめきが消《き》えて、変《へん》にしずまりかえっている。

「ちよ、るすばんしときや」

ゆきは、たすきと前《まえ》かけをすばやくはずし、マタギがおいていっただんごのつつみをつかんで走《はし》りだした。角《かど》をまがると、むこうに人《ひと》だかりが見《み》えた。近《ちか》づくにつれて、こげくさいにおいが鼻《はな》をついた。

人《ひと》がきのあいだをすりぬけて前《まえ》へ出《で》る。

「あぶない、出《で》たらあかん」

ひきとめるだれかの手《て》をはらいのけて飛《と》び出《だ》したとたん、息《いき》が止《と》まりそうになった。

わかいマタギが鉄砲《てっぽう》をかまえている。こんどは、火《ひ》なわが赤《あか》く焼《や》けている。川《かわ》っぷちのやなぎの木《き》におしつけられたように立《た》っているふたりのさむらいに、そのつつ先《さき》がぴたっと向《む》けられていた。

さむらいたちは動《うご》けない。顔《かお》がひきつり、かまえた刀《かたな》の先《さき》がふるえている。

「平四郎《へいしろう》、う、うつでねえ」

そばに、年《とし》よりのマタギが足《あし》をおさえてうずくまっていた。おさえた手《て》のあいだから血《ち》がにじみ出《で》ている。

「火《ひ》なわの、火《ひ》を、消《け》せ」

歯《は》をくいしばって痛《いた》みにたえながら、わかいマタギをとめようとしている。だが、動《うご》けない。

「だれか、だれか、やめさせてくだされ」

ところが、まわりの者《もの》たちは、鉄砲《てっぽう》をおそれて近《ちか》づこうとしない。

年《とし》よりのマタギの目《め》が、ゆきをとらえた。ゆきも、見《み》かえした。

「むすめご、だれかをよんできてくれ。マタギのなかまを――。いや、それでは、おそい。まにあわねえ……」

そんなこと言《い》われたって、むりだ。足《あし》がふるえて動《うご》けないし、のどがひきつって声《こえ》も出《で》ない。

わかいマタギの目《め》は、するどくさむらいをにらみつけ、指《ゆび》は、すでに引《ひ》き金《がね》にかかっている。

「おねえちゃん――」

いつのまに来《き》たのか、ちよが、ゆきの着物《きもの》のそでをぎっちりつかんでいる。口《くち》にイネワラをくわえ、右手《みぎて》には、しゃぼんをにぎったままだ。ふきながら来《き》たのだろう、イネワラの先《さき》に、小《ちい》さなしゃぼん玉《だま》がくっついている。

――しゃぼん玉《だま》……。

ゆきのむねが、コクンと音《おと》をたてた。

つぎのしゅんかん、ものも言《い》わずにしゃぼんをひったくった。イネワラに、しゃぼん水《すい》をつ

けると、いそいでふいた。

大《おお》きいのや小《ちい》さいのが、つぎつぎに飛《と》び出《だ》し、風《かぜ》にのってふわふわ流《なが》れる。にじ色《いろ》に光《ひか》りながら、わかいマタギのまわりへ飛《と》んで行《い》った。

まゆをつり上《あ》げてさむらいたちをにらみつけていたマタギの目《め》が、ふと動《うご》いた。

――しゃぼん玉《だま》を見《み》ている！

ゆきはふいた。はじけて消《き》えるのに負《ま》けないように、なんどもなんどもふいた。できるものなら、わかいマタギが言《い》っていたように、この空《そら》をしゃぼん玉《だま》でいっぱいにしたかった。年《とし》よりのマタギが、しぼり出《だ》すような声《こえ》で言《い》った。

「平四郎《へいしろう》、わすれるな。わしらはマタギだ。人《ひと》を殺《ころ》すさむらいとは、ちがう。マタギは、けものしかうたねえ。それも、山《やま》の神《かみ》さまからいただいたものだけだ。平四郎《へいしろう》、鉄砲《てっぽう》をおろせ。人《ひと》をうってはならねえ」

その声《こえ》がおわると同時《どうじ》に、鉄砲《てっぽう》のつつ先《さき》が動《うご》き、わかいマタギの指《ゆび》が引《ひ》き金《がね》をひいた。

ドーン！

ゆきは耳《みみ》をふさいで地面《じめん》につっぷした。手《て》から、しゃぼんがころがりおちた。

むねがいたくなるような静《しず》けさがひろがった。

だが、すぐに人《ひと》の動《うご》く音《おと》がきこえた。

顔《かお》を上《あ》げると、ふたりのさむらいがヨタヨタとにげて行《い》くのが見《み》えた。川《かわ》っぷちには、おれたやなぎの枝《えだ》がおちているだけだった。

船宿《ふなやど》

一

りつは、にげなかった。おかみさんといっしょに寺田屋《てらだや》に残《のこ》った。

おかみさんは女中《じょちゅう》たちに、

「ここは、わてひとりで、どもない。みんな、早《はよ》うにげなはれ。番頭《ばんとう》はんに、おくれんとついて行《い》かな、あきまへんえ。もし、はぐれてしもうたら、大亀谷《おおかめだに》の新兵衛《しんべえ》はんとこをたずねて行《い》きますのやで。わても、お客《きゃく》さまを船《ふね》に乗《の》せたら、じきにあとを追《お》いますさかい」

と言《い》いふくめたが、りつは残《のこ》った。

心《こころ》のどこかに、

――うちみたいなもん、いつ死《し》んでもええんや。

という気持《きも》ちがあったのかもしれない。

ひとり残《のこ》ったりつは、船《ふね》をまっているお客《きゃく》にあついお茶《ちゃ》をくばって歩《ある》いた。

みんな、わらじをはいたままだ。いつもなら、寺田屋《てらだや》のゲタにはきかえ、わらじは荷物《にもつ》にくくりつけてしまう。ところがきょうは、いつでもにげだせるように、わらじをはいたまま土間《どま》の床几《しょうぎ》に腰《こし》かけている。

もうすぐいくさがはじまる。

京都《きょうと》へせめのぼろうとする幕府軍《ばくふぐん》と、それをくいとめようとする長州《ちょうしゅう》・薩摩《さつま》・土佐《とさ》の三藩《さんぱん》連合軍《れんごうぐん》が、この伏見《ふしみ》の町《まち》でにらみあっている。

町《まち》の人《ひと》たちは、けさ早《はや》くから持《も》てるだけの物《もの》を持《も》って山手《やまのて》へひなんした。このあたりの船宿《ふなやど》の人《ひと》も、みなにげてしまった。

だが、おかみさんは、きっぱりと言《い》った。

「寺田屋《てらだや》の三十石船《さんじっこくぶね》に乗《の》ってくださるお客《きゃく》さまが、ひとりでもいはるかぎり、店《みせ》はしめまへん」

今《いま》、寺田屋《てらだや》には十二人《じゅうににん》のお客《きゃく》がいる。

ほかの船宿《ふなやど》の船《ふね》は、すべて止《と》まっているのに、寺田屋《てらだや》と組《く》んでいる堺屋《さかいや》の船《ふね》が、けさ早《はや》く大坂《おおさか》を出《で》た。たった一《いっ》そうだけだが、淀川《よどがわ》をさかのぼって、この伏見《ふしみ》へ向《む》かっている。おりかえし大坂《おおさか》へ下《くだ》るその船《ふね》を、みんなまっているのだ。いくさがはじまる前《まえ》に着《つ》くことを祈《いの》って——。

「どうぞ」

お茶《ちゃ》をこぼさないように気《き》をつけながら、湯《ゆ》のみをお客《きゃく》の前《まえ》におく。

いちばんすみの床几《しょうぎ》に腰《こし》かけて、びんぼうゆすりをしながら火《ひ》ばちにあたっているのは、て

ぬぐいを道中《どうちゅう》かぶりにしたおにいさん。そばには紺木綿《こんもめん》のふろしきにつつんだ大《おお》きな荷物《にもつ》がある。お正月《しょうがつ》のえんぎ物《もの》でも売《う》りに行《い》くらしい。お茶《ちゃ》をのむときだけ、びんぼうゆすりが止《と》まった。

りつは、いつもはお客《きゃく》の前《まえ》に出《で》ない。台所《だいどころ》や洗《あら》い場《ば》など奥《おく》で働《はたら》いている。でも、きょうはおかみさんとふたりだけなので、お客《きゃく》のせわもしなければならない。なれないことをするのは、気《き》がはってしんどい。

びんぼうゆすりのおにいさんの横《よこ》にすわっているのは、お坊《ぼう》さんだ。ずっと目《め》をつむったままなので、起《お》きているのかねむっているのか分《わ》からない。そっと湯《ゆ》のみをおくと、じゅずを持《も》った手《て》を合《あ》わせて頭《あたま》を下《さ》げた。あわててりつも手《て》を合《あ》わせる。お坊《ぼう》さんは人《ひと》の心《こころ》をすくってくださるという。それなら、りつの心《こころ》のなやみもときほぐしてくださるのだろうか。

りつの右足《みぎあし》は小《ちい》さい。左足《ひだりあし》の半分《はんぶん》くらいしかない。大《おお》きなヤケドのあとがあるので一年中《いちねんじゅう》足袋《たび》をはいている。右足《みぎあし》をかばって歩《ある》くから、体《からだ》が左右《さゆう》にゆれる。いつヤケドをしたのかおぼえていない。親《おや》の顔《かお》も知《し》らない。もの心《ごころ》ついたときには、この寺田屋《てらだや》でおかみさんに育《そだ》てられていた。

十四歳《じゅうよんさい》になってから、急《きゅう》に体《からだ》つきがまるくなり胸《むね》もふくらんできた。それとともに、足《あし》のことがすごく気《き》になりだした。

――うちは、およめにも行《い》けず、この暗《くら》い台所《だいどころ》のすみでおばあちゃんになってしまうんやろか……。

これからさき、楽《たの》しいことなんか何《なに》ひとつないのかもしれない。このまま年《とし》をとって死《し》んでいくだけなのかもしれない。

――そんなら、いっそ……。

心《こころ》のどこかで、暗《くら》い声《こえ》がささやく。

――今《いま》死《し》んでもおなじことや。つらい思《おも》いをせんでええだけ、楽《らく》やし……。

育《そだ》ててくれたおかみさんにしても、りつのゆくすえのことはあきらめているような気《き》がする。きょうだって、そうだ。りつが、「残《のこ》る」と言《い》ったら、おかみさんは、何《なに》も言《い》わなかった。本当《ほんとう》にりつのことを思《おも》っているなら、むりしてでもにがしてくれたはずだ。りつのことは、やっぱりあきらめているにちがいない。

お坊《ぼう》さんのとなりの床几《しょうぎ》には、旅芸人《たびげいにん》らしい四人《よにん》づれの親子《おやこ》がいる。六《むっ》つか七《なな》つの姉《あね》と弟《おとうと》が、母親《ははおや》と父親《ちちおや》のあいだを行《い》ったり来《き》たりして、ひざをとりあいっこしている。親《おや》たちは、ニコニコしながらされるままになっている。

そのようすを、向《む》かいの床几《しょうぎ》から、年《とし》よりの夫婦《ふうふ》が目《め》をほそめて見《み》ている。

――この人《ひと》たちには、心配《しんぱい》ごとなんかあらへんのやろか。

親《おや》があり子《こ》があり、夫《おっと》がおり、妻《つま》がおり、じょうぶな体《からだ》をもっている。

でも、こんなあぶないときに、むりして船《ふね》に乗《の》ろうとしているのだから、何《なに》か事情《じじょう》があるのかもしれない。

べつの床几《しょうぎ》では、おかみさんが、商家《しょうか》の番頭《ばんとう》さんらしい人《ひと》たちの相手《あいて》をしている。みんな、寺田屋《てらだや》のなじみの客《きゃく》のようで、京都《きょうと》へ年始《ねんし》まわりに来《き》ての帰《かえ》りらしい。

背《せ》の高《たか》いやせた人《ひと》が、

「今《いま》、船《ふね》はどのへんまで来《き》てますやろ」

と言《い》えば、ほていさんみたいにふとった人《ひと》が、

「橋本《はしもと》の渡《わたし》あたりとちがいまっか」

とこたえる。すると、びんつけ油《あぶら》をこってりぬった人《ひと》が、いかにも分《わ》かったようにしゃべる。

「この寺田屋《てらだや》さんの船《ふね》は八丁《はっちょう》ろ、伏見《ふしみ》で一番《いちばん》の早足《はやあし》や。心配《しんぱい》せんでも、いくさがはじまる前《まえ》に、ちゃんと着《つ》きますて。なあ、おとせはん」

名前《なまえ》をよばれたおかみさんは、ふっくらとした顔《かお》をうなずかせた。

「はい、いつもよりいっとき（約二時間《やくにじかん》）ばかり早《はよ》うに大坂《おおさか》を出《で》ると、けさがた着《つ》いた船頭《せんどう》さんからことづてがありましたよって、もう、おっつけ着《つ》きまっしゃろ」

ほていさんみたいな人《ひと》が、北《きた》のほうを向《む》いて、神《かみ》さまをおがむようにパンパンと手《て》をたたいた。

「ええ、大手筋《おおてすじ》でにらみおうとる両軍《りょうぐん》のおさむらい衆《しゅう》におたのみ申《もう》します。いくさをはじめるのは、わしらの船《ふね》が出《で》てからにしとくんなはれ」

みんなの顔《かお》に笑《わら》いが広《ひろ》がった。

「それにしても、せっしょうやな。何《なに》も町《まち》の真《ま》ん中《なか》でいくさすることあらへんやろに」

「ほんまや。御香宮《ごこうぐう》さんには大砲《たいほう》がぎょうさんすえつけてあるっちゅうから、へたしたら、町《まち》中《じゅう》、火《ひ》の海《うみ》でっせ、おとせはん」

おかみさんが、まゆをひそめる。

「そら、えらいことどすな」

「人《ひと》ごとみたいに言《い》うたらあきまへん。寺田屋《てらだや》さんは薩摩藩《さつまはん》の定宿《じょうやど》やさかい、薩摩方《さつまがた》が負《ま》けたら、えらいことになりますやろ」

「はあ、そうどすな。けど、うちらがいくさするんやおまへんし、なりゆきを見《み》とるしか、しようがおへんな。町《まち》を灰《はい》にしてもろたら、かないまへんけど、命《いおち》さえあったら、また町《まち》はつくれますよって……」

りつは話《はなし》のじゃまをしないように、そっと湯《ゆ》のみをおいたのに、ほていさんが礼《れい》を言《い》ってくれた。

「おおきに」

すると、びんつけ油《あぶら》がじろっと見《み》た。

「おや、見《み》なれん女中《じょちゅう》さんやな」

おかみさんがゆったりとこたえる。

「り、りつと申《もう》します」

りつは、だまって頭《あたま》を下《さ》げてお茶《ちゃ》をくばって歩《ある》く。

みんなの目《め》が、りつの右足《みぎあし》にあつまる。りつは、気《き》にしないふりをする。平気《へいき》な顔《かお》をしているつもりなのに、ほおがこわばっているのが分《わ》かる。

伏見御堂《ふしみみどう》の鐘《かね》がなった。

「七《なな》つ（午後四時《ごごよじ》ごろ）どすな。船《ふね》は、もうおっつけ着《つ》きますやろ。りつ、表《おもて》を見《み》てきておくれでないか」

「はい」

りつは、すくわれたように、表戸《おもてど》をあけて外《そと》へ出《で》た。

二

「おお、さぶう」

りつは思《おも》わず首《くび》をすくめた。川風《かわかぜ》が木綿《もめん》の小袖《こそで》のえりもとへしのびこんでくる。

通《とお》りには、人《ひと》っ子《こ》ひとりいない。

この伏見《ふしみ》と大坂《おおさか》のあいだを、毎日百《まいにちひゃく》そうほどの三十石船《さんじっこくぶね》がゆきかい、何千人《なんぜんにん》もの客《きゃく》を運《はこ》んでいる。荷船《にぶね》や柴船《しばぶね》なども、ひっきりなしにとおる。なのに、きょうは一《いっ》そうの船《ふね》もうかんでいない。

客《きゃく》はもちろん、船宿《ふなやど》の女中《じょちゅう》のすがたも見《み》えない。たばこやまんじゅうを売《う》る子《こ》どももいないし、あんまさんの声《こえ》も聞《き》こえない。

川《かわ》のまがりかどにある笠置屋《かさぎや》さんの酒蔵《さかぐら》のそばに、やなぎの木《き》が一本《いっぽん》、さびしそうに立《た》っているだけだ。

人《ひと》がいないから、よけいにさむい。

りつは、ひざをかかえて川岸《かわぎし》にすわった。

もうすぐいくさがはじまるというのに、さむらいたちがいる大手筋《おおてすじ》のほうからは、何《なん》の物音《ものおと》も聞《き》こえてこない。けさ早《はや》く、三十石船《さんじっこくぶね》を八《はっ》そうもつらねて伏見《ふしみ》に着《つ》いた会津兵《あいづへい》が、ここから少《すこ》し北《きた》の伏見御堂《ふしみみどう》にいるのに、気味《きみ》がわるいほど静《しず》かだ。

——ほんまに、いくさがあるんやろか……。

でも、なぜいくさなどするのだろう。殺《ころ》しあったり、きずつけあったりするのが楽《たの》しいのだろうか。家《いえ》を焼《や》かれたり、いくさにまきこまれて死《し》んだりする町《まち》の人《ひと》たちのことを、少《すこ》しは考《かんが》えてみてほしい。

この世《よ》に生《い》きているのは、さむらいだけではないのに。みんな、せいいっぱい生《い》きようとしているのに。りつとは、ちがって……。

ふと、首《くび》すじにけものの息《いき》がかかった。

びっくりしてふり向《む》くと、シロだった。くるんとまいた形《かたち》のいいしっぽをしきりにふってい
る。

「おまえも、この世に生《よ》きとるものやったね」

りつはシロの首《くび》をだきよせて、そっとなでた。

シロは、寺田屋《てらだや》のお客《きゃく》で新八《しんぱち》さんという人《ひと》がかっている犬《いぬ》だ。ふとい足《あし》をした大《おお》きな白犬《しろいぬ》で、まっくろなやさしい目《め》をしている。

ご主人《しゅじん》の新八《しんぱち》さんはシロを寺田屋《てらだや》にあずけて船《ふね》に乗《の》り、いつも、三《さん》、四日《よっか》でもどってくる。シロは、おとなしく待《ま》っている。ほかのお客《きゃく》には決《けっ》してほえない。台所《だいどころ》の残《のこ》り物《もの》をやるだけなのに、りつには、よくなついていた。

「おまえのご主人《しゅじん》、きょうの船《ふね》に乗《の》ってるとええね」

いくさがはじまったら、つれてにげてやりたい。でも、シロはにげないかもしれない。この川岸《かわぎし》で新八《しんぱち》さんを待《ま》ちつづけるような気《き》がする。

りつは、ふっとうらやましくなった。新八《しんぱち》さんには、じっと待《ま》ちつづけてくれるシロがいる。人《ひと》は、自分《じぶん》を待《ま》っていてくれるものがいるかぎり、どんなことがあっても生《い》きぬくことができるのではないだろうか。今《いま》、りつを待《ま》っていてくれる人《ひと》はいない。これから先《さき》も、そんな人《ひと》は現《あらわ》れないだろう。

——うちは、いつまでたってもひとりぼっちや。

りつはシロの頭《あたま》を軽《かる》くポンとたたいた。

「ご主人《しゅじん》をうらぎったらあかんえ」

シロがふしぎそうな目《め》をして見上《みあ》げる。その耳《みみ》がぴくっと動《うご》いた。

船《ふね》のろの、音《おと》がする。

ふりむくと、京橋《きょうばし》のむこうに小船《こぶね》が見《み》えた。乗《の》っているのはひとりだけ。荷物《にもつ》もつんでいない。

りつは立《た》ち上《あ》がった。

まだ顔《かお》はよく見《み》えないが、ずんぐりした体《からだ》つきでだれか分《わ》かった。薩摩藩伏見屋敷《さつまはんふしみやしき》で下働《したばたら》きをしている清三《せいぞう》さんだ。藩《はん》のつかいで寺田屋《てらだや》へよく来《く》るし、大坂《おおさか》へ行《い》ったときには酒《さか》まんじゅうなどを買《か》ってきてくれる。もう五十《ごじゅう》をこしているのに腰《こし》もまがっていない。おもしろい話《はなし》をしては、みんなを笑《わら》わせる。りつにも気軽《きがる》に声《こえ》をかけてくれる。

船《ふね》が岸《きし》についた。

ともづなをくいにくくりつけて、清三《せいぞう》さんが石段《いしだん》をのぼってくる。

「めずらしいな、おりっちゃん」

「えっ？」

「店《みせ》の前《まえ》に出《で》て、立《た》っとるのが」

「あっ、上《のぼ》り船《ぶね》が着《つ》くから……」

「その船《ふね》は、おりかえし下《くだ》り船《ぶね》になるのかい」

「はい」

清三《せいぞう》が、「よしよし」とうなずいた。

「思《おも》うたとおりじゃ。やっぱり寺田屋《てらだや》さんはちがう。こんなときでもちゃんと船《ふね》を出《だ》してくれるからありがたい」

「あの、清三《せいぞう》さん、これから大坂《おおさか》へ？」

「ああ、なに、しょうもない用事《ようじ》じゃ」

こんなときに大坂《おおさか》へ行《い》くのに、しょうもない用事《ようじ》のはずがない。

「やっぱり、いくさがはじまるんですか」

「うむ、もういつはじまるか分《わ》からんぞ。伏見《ふしみ》だけやのうて、鳥羽街道《とばかいどう》でも大軍《たいぐん》がにらみおうとるしな」

「そう……」

「なに、幕府軍《ばくふぐん》なんぞ、あっというまじゃ。こっちには大砲《たいほう》や新式鉄砲《しんしきてっぽう》がそろうとる」

「もし負《ま》けたら、清三《せいぞう》さんこまるでしょう」

「おお、わしのことを心配《しんぱい》してくれるのか、おおきに、おおきに。なに、この身《み》ひとつじゃ、なんとでもなるわい」

「おかみさんや子《こ》どもさんは？」

「おやおや、きょうのおりっちゃんは、えらい聞《き》きたがりやな」

「あらっ」

りつは両手《りょうて》でほっぺたをおさえた。

たしかに、きょうは口《くち》かずが多《おお》い。いつもは、清三《せいぞう》さんがほかの女中《じょちゅう》たちとしゃべっているのをだまって聞《き》いているだけなのに――。

「おや、赤《あか》くなったぞ。おりっちゃんも、そろそろ年《とし》ごろやな。そや、わしがええよめいり先《さき》をさがしてやろう。それとも、もう心《こころ》に決《き》めた人《ひと》でもおるのかいな」

「……」

「おりっちゃんは、気立《きだ》てもええし働《はたら》きもんやし、きっとしあわせになれるぞ」

「うち……」

りつはくちびるをかんだ。

「そんなええ子《こ》やありまへん」

清三《せいぞう》さんが、はっと息《いき》をのんだ。

「およめになんか、いきまへん――」

自分《じぶん》で自分《じぶん》の声《こえ》の強《つよ》さにおどろいた。そんなことまで言《い》うつもりはなかったのに、言葉《ことば》が勝《かっ》手《て》にとび出《で》てしまった。一度《いちど》口《くち》から出《で》た言葉《ことば》は、もう元《もと》へもどすことはできない。りつは身《み》をかたくして自分《じぶん》の中《なか》へとじこもった。

清三《せいぞう》さんは、しばらく何《なに》も言《い》わなかった。が、やがて静《しず》かに話《はな》しはじめた。

「わしがえらそうなことを言《い》うたら、おかしいかもしれんが、まあ、きいてくれ。たしかにおりっちゃんは、足《あし》が悪《わる》いので、歩《ある》き方《かた》がおかしいし、おそい。その点《てん》では人《ひと》なみにしようと思《おも》うてもむりじゃ。じゃが、人《ひと》なみに出来《でき》ひんからちゅうて、自分《じぶん》をだめな人間《にんげん》やとあきらめてしもうたらあかん。生《い》きとってもしょうがない人間《にんげん》やなんて思《おも》うたら、なおさらあかん」

話《はな》し方《かた》が、いつもの清三《せいぞう》さんと、まるでちがう。

「つらい思《おも》いをしたら、その数《かず》だけ、やさしい人間《にんげん》になれるんや。くやしい思《おも》いをしたら、そのぶんだけ強《つよ》い人間《にんげん》になれるんや」

りつは心《こころ》の中《なか》で首《くび》を横《よこ》にふった。

——うちは、そないにやさしゅうない。そないに強《つよ》うない。

「おりっちゃん。足《あし》が悪《わる》いということに自分《じぶん》をしばりつけて、身動《みうご》きできんようにしたらあかん。心《こころ》の中《なか》でふくらんだ夢《ゆめ》を、自分《じぶん》の手《て》でこなごなにたたきつぶしてしもうたらあかん。人《ひと》はみんな、しあわせになるために生《い》きとるんや。ふしあわせになるために生《う》まれてきた者《もの》なんか、ひとりもおらへん。なあ、シロよ、そうじゃろう」

清三《せいぞう》さんは、おとなしくすわっているシロの頭《あたま》に手《て》をおいてほほえんだ。少《すこ》しはずかしそうな顔《かお》をして……。

りつは、だまっていた。でも、自分《じぶん》のために、清三《せいぞう》さんがこんなにいっしょうけんめい話《はな》してくれたのがうれしかった。

「りつ」

おかみさんのよぶ声《こえ》がした。

「八《はち》はいどうふをたのむえ」

りつは、清三《せいぞう》さんにていねいに頭《あたま》を下《さ》げてひきかえした。

三

とうふを、しょうゆが二《に》、酒《さけ》が二《に》、水《みず》が四《よん》のわりあいで煮《に》たものを「八《はち》はいどうふ」という。これを底《そこ》の浅《あさ》いおわんに入《い》れて、たきたてのごはんといっしょに出《だ》すのが、船宿《ふなやど》の「めし」と決《き》まっている。

今船《いまふね》を待《ま》っている十二人《じゅうににん》のお客《きゃく》からも注文《ちゅうもん》をうけている。ここで腹《はら》ごしらえをしておかないと、大坂《おおさか》までの船中《せんちゅう》、食《た》べ物《もの》が手《て》に入《はい》らない。いつもなら、枚方《ひらかた》あたりで「くらわんか船《ぶね》」が、めしや酒《さけ》などを売《う》りに来《く》るのだが、きょうは、それもないだろう。

八《はち》はいどうふをつくるのは、いつもりつの役目《やくめ》だ。

うどんみたいに細《ほそ》く切《き》ったとうふを汁《しる》の中《なか》に入《い》れて弱火《よわび》で煮《に》る。味《あじ》がしみこんだら、しゃくしで、おわんにすくいあげる。

りつが盛《も》りつけたのを、おかみさんがおぼんにのせて運《はこ》んでくれた。

全部《ぜんぶ》くばりおえたところで、おかみさんが言《い》った。

「わてらも食《た》べときまひょ。腹《はら》がへっては、いくさができんて言《い》いますさかいな」

上《のぼ》り船《ぶね》で着《つ》くお客《きゃく》のことも考《かんが》えてよぶんにつくってあるので、台所《だいどころ》のあがりがまちに腰《こし》かけて食《た》べはじめた。

こんなふうにおかみさんとならんでごはんを食《た》べるのは、ひさしぶりだ。

「おいしいね。お酒《さけ》とおしょうゆが、ちょうどええぐあいにしみこんどるわ。寺田屋《てらだや》の八《はち》はいどうふの味《あじ》は、りつのおかげで、ほんまにようなりましたなあ」

「そんな……」

「りつに残《のこ》ってもろうて大助《おおだすけ》かりや。わてひとりになってしもうたら、どないしょうかと思《おも》うてましたんや」

おかみさんは、少《すこ》し太《ふと》りぎみの体《からだ》をゆすって、おかしそうに笑《わら》った。

——うそや、そんなはずない。

おかみさんは、なんだってできる。台所仕事《だいどころしごと》もお客《きゃく》のあつかいもうまい。十八《じゅうはち》のときによめいりしてから二十年《にじゅうねん》ものあいだ、ひとりで寺田屋《てらだや》をささえてきたと聞《き》いている。四年前《よねんまえ》になくなっただんなさまは、店《みせ》のことはおかみさんにまかせっきりだったし、寺田屋《てらだや》が今《いま》みたいにはんじょうしているのはおかみさんのおかげやと、番頭《ばんとう》はんや女中《じょちゅう》たちがうわさしあっている。

おかみさんがつづける。

「わてひとりでだいじょうぶやなんて、みんなの前《まえ》では強《つよ》がり言《い》うてましたけど、ほんまは心《こころ》細《ぼそ》うおましたんえ」

——うそや。

この寺田屋《てらだや》には伏見奉行所《ふしみぶぎょうしょ》からよくお調《しら》べがある。幕府《ばくふ》に反対《はんたい》する尊王攘夷派《そんのうじょういは》のさむらいが出入《でい》りしているからだ。京都《きょうと》でひょうばんの近藤勇《こんどういさみ》という新選組《しんせんぐみ》の隊長《たいちょう》によび出《だ》されたこともある。

でもおかみさんは、びくともせず、何《なに》もしゃべらないでもどってきた。

——そんなおかみさんが、心細《こころぼそ》いやなんて……。

「りつ、そないにふしぎそうに、わての顔《かお》を見《み》んといておくれな」

「は、はい、すみまへん。けど……」

おかみさんは、船《ふね》の中《なか》で病気《びょうき》になった人《ひと》がいれば、なおるまでめんどうをみるし、よめいりやむことりの話《はなし》をまとめるのは、しょっちゅうやし、寺田屋《てらだや》の前《まえ》にすて子《ご》があれば、ひろって育《そだ》てる。

押《お》しても引《ひ》いてもびくともしない大《おお》きな石《いし》の地蔵《じぞう》さまみたいな人《ひと》だ。

「けど……って、なんどす？　わてが心細《こころぼそ》い言《い》うたら、おかしいどすか」

「はい、いえ、あ、あの……」

「はっはっは。りつには、わてが石《いし》か金《かね》でできてるように見《み》えるのとちがいますか」

「そんな」

「わてかて、さびしいときや悲《かな》しいときがあります。いっそ死《し》んでしまおかと心《こころ》がしずむときかてありますのやで」

「えっ、おかみさんが！」

「長《なが》い一生《いっしょう》のあいだには、だれでも一度《いちど》や二度《にど》、そないに思《おも》うときがありますやろ」

――そういえば……。

りつは思《おも》い出《だ》した。たった一度《いちど》だけ、はっとするほどさびしそうなおかみさんのすがたを見《み》たことがある。

おかみさんは、薩摩藩《さつまはん》にたのまれて坂本竜馬《さかもとりょうま》というおさむらいの世話《せわ》をしていた。幕府《ばくふ》に追《お》われているので、寺田屋《てらだや》では才谷《さいたに》という名前《なまえ》になっていた。おめし物《もの》のせんたくからおぜんのあげさげまで、身《み》のまわりの世話《せわ》は、すべておかみさんが自分《じぶん》でやっていた。薩摩藩《さつまはん》と長州藩《ちょうしゅうはん》が幕府《ばくふ》をたおすために手《て》を結《むす》んだのは、坂本《さかもと》さまのお力《ちから》らしい。

その坂本《さかもと》さまが京都《きょうと》で殺《ころ》されたという知《し》らせが入《はい》ったのは、ふた月《つき》ほど前《まえ》だった。おかみさんは、その日《ひ》、帳場《ちょうば》を番頭《ばんとう》はんにまかせて自分《じぶん》は部屋《へや》にこもったきり出《で》てこなかった。りつが夕飯《ゆうはん》を運《はこ》んで行《い》ったとき、まだ灯《あか》りもつけてなかった。うすぐらい部屋《へや》で、火《ひ》の消《き》えた火《ひ》ばちにひじをつき、うつむいたまま、じっとすわっているおかみさんのすがたに、足《あし》がすくんで声《こえ》もかけられなかった。ひょっとしたら、あのときおかみさんは……。

「りつは、つらいときや悲《かな》しいときは、どないしますのや？」

「は、はい……」

「わてら女《おんな》は、じっとしんぼうして、たえることしかおへんのやろか。つろうおすな。つらさをやわらげてくれるのは、流《なが》れていく時だけかもしれまへん。時《とき》がたって……ずっと長《なが》い時《とき》がたって、いつのまにか、なやみからぬけ出《だ》している自分《じぶん》に気《き》がつくことがありますやろ。あとをふりむいてみたら、死《し》ぬほど苦《くる》しんでたことが、もう、うそみたいに軽《かる》うなってしもうて、笑《わろ》うて人《ひと》に話《はな》せることがありますのや。そんなときは、喜《よろこ》んでええのか悲《かな》しんでええのか、みような気持《きも》ちになりますなあ」

――この人《ひと》にも、そんな思《おも》いが……。

りつは、おかみさんのふっくらした横顔《よこがお》をあらためて見上《みあ》げた。

そのとき、外《そと》でシロのほえる声《こえ》がした。

いつもおとなしいシロが大《おお》きな声《こえ》でほえたてている。

おかみさんがカタッとはしをおいた。

「いくさが始《はじ》まったんやろか――」

りつは、さっと立《た》ち上《あ》がった。

「見《み》てきます」

いそいで土間《どま》をとおりぬけ、表戸《おもてど》をあけて外《そと》を見《み》た。

あいかわらず人《ひと》かげはない。いくさが始《はじ》まったようすもない。シロは、しっぽをふりながら京橋《きょうばし》のむこうを見《み》てほえている。

「あっ、船《ふね》――」

京橋《きょうばし》の橋《はし》げたのかげに三十石船《さんじっこくぶね》が見《み》えた。

「おかみさん。船《ふね》が、船《ふね》が着《つ》きました！」

とたんに、おかみさんだけでなく、お客《きゃく》たちもいっせいにとび出《だ》して来《き》た。

「来《き》たか！」

「間《ま》に合《お》うたぞ！」

口《くち》ぐちにさけびながら川岸《かわぎし》にならび、近《ちか》づく三十石船《さんじっこくぶね》に手《て》をふった。かいを手《て》にした船頭《せんどう》のひたいが汗《あせ》で光《ひか》っている。茅《かや》を屋根《やね》の形《かたち》にしきつめた苫《とま》の下《した》から、十《じゅう》人《にん》ほどのお客《きゃく》が顔《かお》をのぞかせて手《て》をふっている。

りつは、いそいでひきかえすと、ゲタを持《も》ってきて岸《きし》べにならべた。

へさきまわりの船頭《せんどう》が投《な》げた綱《つな》を、清三《せいぞう》さんがくいに結《むす》びつけてくれた。

「着《つ》きましたぞえ」

船頭《せんどう》のひと声《こえ》に、客《きゃく》たちが船《ふね》からおりてゲタをはく。てんでに、体《からだ》をそらしてのびをしたり首《くび》をまわしたりしている。いそいでかわやへかけこむ人《ひと》もいる。シロが新八《しんぱち》さんにとびついていった。

船頭衆《せんどうしゅう》もいっしょに、みんなひとまず中《なか》へ入《はい》る。客《きゃく》のひとりが声《こえ》をあげる。

「くらわんか船《ぶね》は来《こ》んし、腹《はら》がへってどもならんわ。めしを一《いち》ぜん運《はこ》んでくれ」

するといっせいに、

「わしも、たのむ」

「ここにも一《いち》ぜん」

と注文《ちゅうもん》がくる。

また、りつとおかみさんは、てんてこまいの大《おお》いそがしになった。船頭衆《せんどうしゅう》にも大盛《おおも》りで持《も》って行《い》く。

ひととおりくばりおえたところで、おかみさんがてきぱきと説明《せつめい》する。

「お上《のぼ》りのお客《きゃく》さまは、安全《あんぜん》のため少々《しょうしょう》遠《とお》まわりになりますが、西《にし》へ出《で》て堀川《ほりかわ》ぞいに北《きた》へぬけておくれやす。せわしないことですみまへんが、食《た》べ終《お》わりしだい、おたちねがいます」

今《いま》、船《ふね》からおりたお客《きゃく》たちが、めしをかきこみながらうなずく。

「下《くだ》りのお客《きゃく》さまは、すぐに船《ふね》に乗《の》っていただいてけっこうどす」

「えっ、そないに早《はよ》う出《だ》してくれるのか」

上《のぼ》り船《ぶね》をこいできた船頭《せんどう》は、水《みず》の流《なが》れにさからって、まる一日《いちにち》かいをにぎりつづけてきたので、つかれきっている。ふつうなら、今晩《こんばん》ここに泊《と》まってゆっくり休《やす》み、あすの朝早《あさはや》く、ふたたび下《くだ》り船《ぶね》に乗《の》る。

だがきょうは、休《やす》みもとらずにすぐ出《だ》してくれるという。

下《くだ》りのお客《きゃく》たちが、どっとかん声《せい》をあげ、めしをほおばっている船頭衆《せんどうしゅう》に、口《くち》ぐちに声《こえ》をかけて船《ふね》へ向《む》かう。

「おおきに、助《たす》かるわ」

「しんどいけど、たのんまっせ」

船頭衆《せんどうしゅう》が川風《かわかぜ》できたえたガラガラ声《ごえ》でこたえる。

「大砲《たいほう》の玉《たま》がとんでくるより早《はよ》う、一気《いっき》に下《くだ》るさかい、まかしとき」

やがて、上《のぼ》りのお客《きゃく》も、つぎつぎにたちはじめた。

新八《しんぱち》さんは、おかみさんに礼《れい》を言《い》い、りつにも軽《かる》く右手《みぎて》をふって出《で》ていった。その左《ひだり》がわにシロがぴたっとくっついて行《い》く。体《からだ》ぜんたいに喜《よろこ》びをあふれさせながら……。

四

りつは、ひとり台所《だいどころ》でおわんをあらっていた。おかみさんは船頭衆《せんどうしゅう》の相手《あいて》をしている。腹《はら》ごしらえのすんだ船頭衆《せんどうしゅう》は、もうすぐ船《ふね》に乗《の》りこんでくれる。

どうやら、ぶじに客《きゃく》を送《おく》り出《だ》せそうだ。

――死《し》んでもええ。

と、心《こころ》の底《そこ》で半分《はんぶん》あきらめていたけど、けっきょく何《なに》も起《お》こらなかった。今《いま》は少《すこ》しほっとしている。

あらいおえたおわんを、てぬぐいでふいて戸《と》だなの中《なか》へかたづけていく。いくさがはじまったら、焼《や》けて、もう使《つか》えなくなるかもしれない。それでも、きちんとしまっておきたい。

そのとき、横庭《よこにわ》にある井戸《いど》のほうで、タッタッと土《つち》をける音《おと》がした。

――だれやろ。

ふりむいたとたん、台所《だいどころ》から井戸《いど》へ通《つう》じる戸《と》がガラッとあいた。

――あっ！

と声《こえ》をのんだ。

幕府方《ばくふがた》の具足《ぐそく》をつけたさむらいがひとり、大《おお》きな目《め》をぎょろつかせて中《なか》をのぞき、すぐに、とびこんできて、うしろ手《で》で戸《と》をしめた。

走《はし》ってきたらしく、ハアハアと大《おお》きな息《いき》をしている。まだ十五《じゅうご》、六《ろく》の少年《しょうねん》だ。人《ひと》さし指《ゆび》を口《くち》にあて、だまっているように、りつに合図《あいず》した。そのまま戸《と》にへばりつき外《そと》のけはいをうかがっている。

どのくらい時間《じかん》がたったのだろう。ひどく長《なが》かったような気《き》もするが、じっさいは、ほんの少《すこ》しのあいだだったのかもしれない。

少年《しょうねん》が初《はじ》めて口《くち》をひらいた。

「船《ふね》に、乗《の》りたい」

にごりのない、すんだ声《こえ》だった。

「さっき着《つ》いた船《ふね》は、大坂《おおさか》へ下《くだ》るのか」

りつは、こっくりとうなずいた。

「ありがたい。たのむ、乗《の》せてくれ」

幕府軍《ばくふぐん》からにげてきたらしい。はちまきをきりっとしめたひたいが広《ひろ》く、長《なが》いまゆの下《した》で大《おお》きな目《め》がキラキラと光《ひか》っている。思《おも》いきったことをしたという心《こころ》の高《たか》ぶりが、そのまま顔《かお》に出《で》ている。

急《きゅう》に、表《おもて》のほうがさわがしくなった。

「追《お》っ手《て》だ」

少年《しょうねん》の目《め》に、おびえが走《はし》った。

りつは、まよわなかった。

「こっち！」

手《て》をひくようにして、ふろ場《ば》へ走《はし》りこみ、おけのフタをずらした。

「かくれて！」

水《みず》のないふろおけの中《なか》へ少年《しょうねん》をしゃがませた。フタをしめるとき、すがるように見上《みあ》げた少《しょう》年《ねん》の大《おお》きな目《め》が、りつのまぶたに残《のこ》った。

表《おもて》へ出《で》てみると、幕府方《ばくふがた》のさむらいが三人《さんにん》、ぬきみのヤリをさげてどなっていた。その前《まえ》に、おかみさんが立《た》っている。

「ここへにげこんだのに、ちがいない」

「おとなしく出《だ》さぬと、ためにならぬぞ」

おかみさんのどっしりした声《こえ》がひびく。

「いいえ、そのようなお方《かた》は、どなたも——」

そばにいる船頭衆《せんどうしゅう》も口《くち》をはさむ。

「さっきから、ずっとここにすわっとりますけど、猫《ねこ》の子《こ》いっぴき通《とお》りまへん。ほかをさがしたほうが、よろしいんとちがいまっか」

「いいや、表《おもて》にとまっている船《ふね》で大坂《おおさか》へにげる気《き》じゃ」

「にげる……。そのお方《かた》は、軍《ぐん》からにげ出《だ》さはったんどすか」

「そんなことは、おまえたちにかかわりない。つべこべ言《い》わず、さっさと出《だ》せ。出《だ》さぬと、ただではおかぬぞ」

「そないなこと申《もう》されましても、なあ……」

ひょいとふり向いたおかみさんの目《め》が、りつを見《み》た。りつは、目《め》をいっぱいにひらいて、おかみさんの細《ほそ》い目《め》を見《み》かえした。

——おかみさん、うち……！

だが、そのまま目《め》をふせた。

おかみさんは、顔《かお》をゆっくり前《まえ》にもどした。そして、きっぱりと言《い》った。

「今《いま》、このうちにいるのは、ここにいる者《もの》で全部《ぜんぶ》どす」

「ええい、どけっ。あくまでもかくすなら家《や》さがししてくれるわ」

土足《どそく》のまま上《あ》がりこもうとするのを、おかみさんの声《こえ》がぴしっとおさえた。

「お待《ま》ちください。力《ちから》づくで押《お》し入《い》ろうとなさるのなら、どこのご家中《かちゅう》のお方《かた》か、お名前《なまえ》をおうかがいしとうございます。この寺田屋《てらだや》は、今伏見奉行所《いまふしみぶぎょうしょ》で陣《じん》をはっておられる丹後守竹中《たんごのかみたけなか》重固《しげかた》さまゆかりの船宿《ふなやど》にございますぞ」

「丹後守《たんごのかみ》」という名前《なまえ》をきいて足《あし》をとめたさむらいが、ニヤッと笑《わら》った。

「それで、このわしをあざむいたつもりか。わしが、この伏見《ふしみ》へ初《はじ》めて来《き》たのなら、今《いま》の話《はなし》、ききめがあろう。残念《ざんねん》じゃったのう。寺田屋《てらだや》が薩摩藩《さつまはん》の定宿《じょうやど》だということぐらい、ちゃんと知《し》っておるわ。丹後守《たんごのかみ》さまのお名前《なまえ》をつかってまで、家《や》さがしをこばむということは……」

おかみさんの顔色《かおいろ》が変《か》わった。

「ふっ、図星《ずぼし》じゃな」

さむらいは、ふたりの家来《けらい》に命令《めいれい》した。

「かまわぬ、家《や》さがししろ。かまどの灰《はい》までぶちまけろ」

「はっ」

家来《けらい》が動《うご》こうとしたとき、遠《とお》くで、

ドーン!

と、かみなりがおちたような音《おと》がした。

いっしゅん、さむらいたちの動《うご》きが止《と》まった。

ドーン、ドーン!

また、つづけてひびいた。さむらいが目《め》をむいてさけんだ。

「大砲《たいほう》の音《おと》じゃ!」

船頭衆《せんどうしゅう》のひとりが、表《おもて》へとび出《だ》した。

「鳥羽《とば》のほうや。鳥羽《とば》で、いくさがはじまったんや」

そのとたん、こんどは伏見《ふしみ》の空《そら》をヒューンとぶきみな音《おと》が走《はし》った。はっと、みんな息《いき》をのむ。

つぎのしゅんかん、

ドカーン！

と、体《からだ》のしんまでゆさぶられた。

はじかれたように、さむらいが外《そと》へとび出《だ》し、りつたちもつづいた。

奉行所《ぶぎょうしょ》のあたりから、白《しろ》いけむりが上《あ》がっている。御香宮《ごこうぐう》のほうから、大砲《たいほう》の玉《たま》がうなりをあげて飛《と》んでくる。はっと耳《みみ》をふさぐ。

ドカーン！

奉行所《ぶぎょうしょ》の屋根《やね》がわらがふっとんだ。

「いそげ！」

さむらいたちは、そのまま奉行所《ぶぎょうしょ》のほうへ走《はし》りさった。

すかさずおかみさんが船頭衆《せんどうしゅう》にさけぶ。

「船《ふね》を出《だ》しておくれ」

船頭衆《せんどうしゅう》が土間《どま》にかけもどり、革半纏《かわばんてん》をひっつかんだ。

おかみさんの声《こえ》が、りつをよぶ。

「はよう、にげてきた人《ひと》を、船《ふね》へ！」

「えっ」

おどろいて見上《みあ》げると、おかみさんが、こっくりうなずいた。

はじけるように、りつはふろ場《ば》へ走《はし》った。早《はや》く走《はし》れない足《あし》が、もどかしい。

ふろおけのフタがあいている。少年《しょうねん》がいない。あわてて台所《だいどころ》へもどった。いた！　戸《と》のかげにかくれるように立《た》っている。

いたずらを見《み》つけられた子《こ》どもみたいに小《ちい》さな声《こえ》で言《い》った。

「大砲《たいほう》の音《おと》が、したから……」

「早《はよ》う。船《ふね》が出《で》るわ」

「追《お》っ手《て》は？」

「だいじょうぶ、帰《かえ》ったわ」

「ありがとう。わたしは栗原覚馬《くりはらかくま》と申《もう》します。こんなところで犬死《いぬじ》にしたくなかったのです。

わたしは、人《ひと》を殺《ころ》すさむらいをすてて、人《ひと》を生《い》かす医者《いしゃ》になりたいのです」

「わ、わかったわ。さあ、いそいで」

「もう、国《くに》にはもどれません。長崎《ながさき》へ行《い》くつもりです」

「行《い》ってください」

「長崎《ながさき》で西洋《せいよう》の医学《いがく》を学《まな》びます。あなたのお名前《なまえ》は？」

「り、りつよ。ええから早《はよ》う」

「寺田屋《てらだや》のりつさん……。わすれません。わたしが学《まな》んだ医学《いがく》で、あなたの足《あし》をなおせる日《ひ》がきたら、きっともどってきます」

「は、はい」

「あの、これを」

少年《しょうねん》は、ふところからとり出《だ》した物《もの》をりつの手《て》ににぎらせた。

むらさき色《いろ》のおまもりぶくろだった。手《て》ざわりがやさしかった。

「母《はは》がつくってくれたものです。では――」

ぱっと身《み》をひるがえして、表《おもて》へとび出《だ》して行《い》った。そのあとを、りつも足《あし》をひきずりながら追《お》った。

船頭衆《せんどうしゅう》がかいをにぎり、とも綱《づな》をときはじめた船《ふね》へ少年《しょうねん》がとび乗《の》った。

おかみさんが声《こえ》をかける。

「その人《ひと》をたのみます」

「はいよ」

船頭《せんどう》のひとりが、すぐに少年《しょうねん》を苫《とま》の下《した》へかくした。

そのあいだにも、大砲《たいほう》や鉄砲《てっぽう》の音《おと》がひびき、すぐ北《きた》の大手筋《おおてすじ》のほうからは、さけび声《ごえ》や刀《かたな》のうちあう音《おと》が聞《き》こえてくる。今《いま》までのこわいような静《しず》けさがいっぺんにふっとび、燃《も》える奉行所《ぶぎょうしょ》のけむりが風《かぜ》にのって流《なが》れてきはじめた。

りつは、おかみさんとならんで岸《きし》に立《た》った。

船《ふね》が岸《きし》をはなれて動《うご》きはじめる。

清三《せいぞう》さんや船頭衆《せんどうしゅう》が手《て》をふる。

ふたりは頭《あたま》をさげた。

「お上《のぼ》りの節《せつ》は、またどうぞ寺田屋《てらだや》へ寄《よ》っておくれやす」

いつもは、女中《じょちゅう》たちがずらっとならんで、この言葉《ことば》でお客《きゃく》を送《おく》る。りつは、きょう初《はじ》めて声《こえ》に出《だ》して言《い》った。

船《ふね》は京橋《きょうばし》の下《した》をくぐって、みるまに遠《とお》ざかっていく。

おかみさんが、りつの肩《かた》をそっと引《ひ》きよせた。

「間《ま》に合《あ》いましたなあ」

「は……はい」

むねがいっぱいになり、言葉《ことば》が出《で》なかった。

「さあ、わてらも行《い》きまひょか」

おかみさんの手《て》が、りつの手《て》をにぎった。

「どないなことがあっても、生《い》きぬきまひょな」

「はい」

りつは、しっかりとうなずいた。

ふたりは小《ちい》さな子《こ》どもみたいに手《て》をつないで走《はし》りだした。

あとがき

吉橋通夫《よしはしみちお》

この本《ほん》を読《よ》んで、

「へえー。むかしは、こんなに小《ちい》さな子《こ》どもたちでも、働《はたら》いていたんだ！」

とびっくりしたのではないでしょうか。

江戸時代《えどじだい》は、十歳前後《じっさいぜんご》から商家《しょうか》や職人《しょくにん》のところへ住《す》みこんで、働《はたら》くことが当《あ》たり前《まえ》だったのです。

「働《はたら》く」とは「人《ひと》」が「動《うご》く」と書《か》きます。おおむかしから今《いま》まで、人《ひと》は頭《あたま》と体《からだ》を動《うご》かして生《い》きてきました。食《た》べ物《もの》を手《て》に入《い》れたり、家《いえ》を建《た》てたり、衣服《いふく》を作《つく》ったり……。働《はたら》くことが人間《にんげん》を根《ね》っこから支《ささ》えてきたのです。

とはいえ、現代《げんだい》の東南《とうなん》アジアやアフリカなどで問題《もんだい》になっている強制的《きょうせいてき》な「児童労働《じどうろうどう》」には、反対《はんたい》です。あれは、子《こ》どもたちの未来《みらい》をうばうものです。

でも、この物語《ものがたり》に登場《とうじょう》する子《こ》どもたちの「労働《ろうどう》」は、少《すこ》しちがっています。冬吉《ふゆきち》は、使《つか》ってくれる人《ひと》のためにいい筆《ふで》を作《つく》ろうと決意《けつい》するし、三吉《さんきち》は、ウデのいい車大工《くるまだいく》になることをちかいます。太吉《たきち》は、てまひまかけて作《つく》るおけに強《つよ》い愛着《あいちゃく》を感《かん》じるし、ゆきは、いくさで焼《や》かれた家《いえ》を建《た》て直《なお》して元《もと》どおり菓子屋《かしや》を始《はじ》めるために、くしだんごを売《う》っています。

みんな、なんのために働《はたら》くのかという、はっきりした目的《もくてき》をもっているのです。自《じ》分《ぶん》が納得《なっとく》できる目的《もくてき》があるから、つらくても、やりとおせるのです。

でも、「かがり火《び》」の隆吉《りゅうきち》たちは、いくさのために働《はたら》くことを納得《なっとく》できませんでした。いくさは、相手《あいて》をたくさん殺《ころ》したほうが勝《か》ちです。自分《じぶん》たちも死《し》ぬかもしれません。そんないくさのために働《はたら》くのは、いやだったから、にげだしたのです。

わたしたちも、自分《じぶん》はなんのために働《はたら》くのか……と、胸《むね》に問《と》いかけながら生《い》きていきたいものですね。

解説《かいせつ》　誇《ほこ》り高《たか》く生《い》きぬく人《ひと》びと

後藤竜二《ごとうりゅうじ》

世《よ》の中《なか》が江戸《えど》から明治《めいじ》へと大《おお》きく変《か》わっていく激動《げきどう》の時代《じだい》。坂本龍馬《さかもとりょうま》や新選組《しんせんぐみ》などの有名人《ゆうめいじん》たちが大活躍《だいかつやく》した時代《じだい》。

『京《きょう》のかざぐるま』も、その幕末時代《ばくまつじだい》の物語《ものがたり》です。場所《ばしょ》も同《おな》じ京都《きょうと》ですが、ここにはスーパースターが一人《ひとり》も登場《とうじょう》しません。超能力《ちょうのうりょく》もハデな斬《き》り合《あ》いもありません。名《な》もなく、お金《かね》もなく、むろん剣術《けんじゅつ》もできない「ふつうの人《ひと》びと」の物語《ものがたり》です。

しかし、ここに集《あつ》められた七《なな》つの短編《たんぺん》の主人公《しゅじんこう》たちのすべてに、人《ひと》として生《い》きぬこうとする強《つよ》い意志《いし》と、ゆるぎない人間信頼《にんげんしんらい》の情《じょう》があふれています。無惨《むざん》な事件《じけん》が相次《あいつ》ぎ、世《よ》の中《なか》がどうなっていくのか、何《なに》を信《しん》じればいいのかもわからない。そんな乱《みだ》れ切《き》った世《よ》の中《なか》で、なお、凛《りん》として生《い》きぬこうとする人《ひと》びとの姿《すがた》が、とてもあざやかに描《えが》かれています。

乱世《らんせい》を生《い》きぬく確固《かっこ》たる哲学《てつがく》や見通《みとお》しがあるわけではありません。ただ、迷《まよ》いながらも、やはり、人《ひと》らしく生《い》きたい、という素朴《そぼく》な願《ねが》い——「意志《いし》の楽天性《らくてんせい》」につらぬかれていて、それがとても心地《ここち》よいのです。

誇《ほこ》り高《たか》く生《い》きぬく。その姿《すがた》が、具体的《ぐたいてき》な仕事《しごと》をていねいに描《えが》きあげることによって語《かた》られています。筆職人《ふでしょくにん》。車大工《くるまだいく》。桶職人《おけしょくにん》。農民《のうみん》。猟師《りょうし》。船宿《ふなやど》の女中《じょちゅう》。見習《みなら》いではあっても、年若《としわか》い主人公《しゅじんこう》たちはすでに世《よ》の中《なか》に出《で》て働《はたら》いている人《ひと》びとです。自分《じぶん》の手《て》でさわってたしかめられる仕事《しごと》を通《つう》じて、人《ひと》と交《まじ》わり、自分《じぶん》を見《み》つめて、生《い》きぬく力《ちから》を育《はぐく》んでいきます。

「さむらいたちは、なんにも残《のこ》さんと死《し》んでいくけど、わしらは車《くるま》を残《のこ》す。」（「さんちき」）と誇《ほこ》らしく語《かた》る親方《おやかた》や、「どないなことがあっても、生《い》きぬきまひょな」（「船宿《ふなやど》」）と対等《たいとう》に向《む》き合《あ》ってくれるおかみさんたちとの濃密《のうみつ》な暮《く》らしぶりの中《なか》で、ほんとうに信《しん》じられるものをつかみ取《と》っていくのです。

その描《えが》き方《かた》が、ユーモラスであったり、スリルに満《み》ちていたり、意外性《いがいせい》に富《と》んでいたりと、さまざまな工夫《くふう》がされていて、さらに、簡潔平明《かんけつへいめい》な文章《ぶんしょう》ですから、あっという間《ま》に読《よ》み終《お》えて、うん、もう少《すこ》し、人間《にんげん》を信《しん》じてみようかな、と素直《すなお》な気分《きぶん》にさせてくれます。

ひょっとしたら、スーパースターよりも、この無名《むめい》の人《ひと》びとのほうがカッコイーのかも、と思《おも》わせてくれるところがスゴイですね。

一九八九年度《ねんど》日本児童文学者協会賞《にほんじどうぶんがくしゃきょうかいしょう》を受賞《じゅしょう》した名作《めいさく》です。

二〇〇五年《ねん》の『なまくら』（講談社《こうだんしゃ》）も、やはり幕末《ばくまつ》の思春期《ししゅんき》たちを描《えが》いた傑作《けっさく》で、野《の》間《ま》児童文芸賞《じどうぶんげいしょう》を受賞《じゅしょう》しています。

（児童文学作家《じどうぶんがくさっか》）

作 家――吉橋　通夫（よしはし　みちお）

1944年、岡山県生まれ。法政大学卒業。『季節風』同人。『たんばたろう』（TBSブリタニカ）で第2回毎日童話新人賞、『京のかざぐるま』（岩崎書店）で第29回日本児童文学者協会賞、『なまくら』（講談社）で第43回野間児童文芸賞を受賞。おもな著書に『風の森のユイ』（新日本出版社）、『凜九郎』（講談社）などがある。

画 家――なかはま　さおり

横浜市生まれ。横浜美術短期大学（現）卒業後、デザイン事務所に勤務。その後独立し、フリーのグラフィックデザイナー＆イラストレーターとして従事。広告、パッケージデザイン、書籍デザイン等を手がける。3年前から本格的に日本画を学び始める。児童書の挿絵は今回が初めて。

シリーズ本のチカラ
編集委員　石井　直人　宮川　健郎

※この作品は、1988年、岩崎書店より刊行されました。

シリーズ 本のチカラ
京《きょう》のかざぐるま

2007年6月1日　初版第1刷発行
2024年9月10日　第2刷発行

作　家　吉橋通夫
画　家　なかはまさおり
発行者　河野晋三
発行所　株式会社 日本標準
〒350-1221　埼玉県日高市下大谷沢91-5
電話　04-2935-4671
FAX　050-3737-8750
URL　https://www.nipponhyojun.co.jp/
装　丁　辻村益朗＋オーノリュウスケ
編集協力　株式会社 本作り空Sola
印刷・製本　小宮山印刷株式会社

NDC　913/176P/22cm　ISBN978-4-8208-0297-6
◆ 落丁・乱丁本はおとりかえいたします。